河出文庫

トップナイフ

林宏司

河出書房新社

トップナイフ

21世紀の今日でさえ、人間の脳は、人類に残された唯一の未開の地である。

50億年にわたる進化の賜物であり、1千億の神経細胞が集まった、宇宙が生み出した最も複雑な創造物。

その神秘に直接、手を入れ、改良を加える。神をも恐れぬ傲慢な職業。それが脳外科医だ。


脳外科医には、2種類しかない。

最高の脳外科医と、この分野にいてはならない脳外科医——。

脳は想像以上に脆く、脳と脊髄は殆ど自己再生能力を持たない。故に他の臓器と違い、一旦、傷つければ修復は不可能で、神経や微細な血管の損傷は、即ち患者の死、もしくは障害を意味する。

わずか0・1ミリの誤差が、0・1秒の逡巡が、0・1グラムの傲慢が、患者を再起不能に陥らせる。

かくして、全ての凡庸な脳外科医たちは、自らの分を越えて、はるかなる高みを、「トップナイフ」と呼ばれる頂(いただき)を目指して、日々あらゆるものを犠牲にして精進することが求められる。

血のにじむようなたゆまぬ努力の結果、その称号を得たとしても、そこに何があるかは誰も知らない。前人未踏の地に何があるか誰も知らないように。術前検査でいくら念入りに調べても、開けてみないとわからない脳のように——。

1章　氷の女

脳外科の手術は、最初はまるで大工仕事のようだ。

むき出しの頭にピンを突き刺し、しっかりと台に固定する。メスで皮膚を切り、金属製のヘラで頭蓋骨から皮膚を剝がし、露出させた頭蓋骨に自動回転式のドリルで数か所、穴を開ける。開いた穴と穴の間を電動の糸鋸状のドリルで切り、頭蓋骨をぱかっと外す。大柄な深山瑤子(みやまようこ)が淡々と作業するその姿は、大工の棟梁が鑿(のみ)と鎚(つち)を使って木材を彫るようなダイナミックさがある。

そうして開いた穴の下にある硬膜(こうまく)という薄い膜をメスで切ると、脳が露出する。ここから先は一転、熟達した時計職人のような繊細極まりない作業となる。

頭蓋骨の中で脳脊髄液(のうせきずいえき)に浸されている脳は、水に浮かんだ豆腐によくたとえられる。頭蓋骨という強固な守りを解かれ、ひとたび剝き出しになったその姿は、驚くほど弱々しい。人を人たらしめているこの臓器は、他の臓器と比べてもずば抜けて脆(もろ)く、ほんの少しの刺激でいとも簡単に壊れて二度と修復できなくなる。

深山はいつも思う。

この白くて、つややかな美しいものは、ひょっとして、人間の〝心〟そのものではないだろうか。そして自分の中にもこんな繊細なものが、あるのだろうか。まだ――。

＊

朝6時20分。ホテルのプールに深山はいた。

水の中は自由だ。その長い手足を思いっきり伸ばし、ゆったりとしたクロールで、水を割いていく。重力から解放され、音も聞こえない。

なにもかもから解き放たれた時間。これが欲しくて、ホテルのジム会員になった。結構な金額だったが、バツイチ独身、50歳の脳外科医にとっては、払えない額ではなかった。ここで泳ぐようになったのはこの1年だが、プールで泳ぐ習慣はもう20年、濡れた髪を乾かすのが面倒くさくてショートにしてから10年だ。

ウォーミングアップ替わりの、１００メートルを泳ぎ切ったあたりだった。プールサイドのチェアに置いたスマホが鳴った。今日の当直は、中堅の脳外科医、西郡琢磨(にしごおりたくま)に任せてある。無視しようかとも思ったが、コンクリの壁に呼び出し音が反響して響きわたっている。しょうがなくプールから上がりゴーグルを外してスマホを取った。

「オンコールじゃない日に電話してきたら、殺すって言ってなかった?」

「すすす、すいませんっ！　西郡先生に言われて……」

スマホから聞こえてきたのは新米医師の小机幸子（こづくえさちこ）の声だった。西郡の下で、一緒に当直していたらしい。こういうことを下っ端に押し付けるのが西郡らしい。深山の声がさらに低くなった。

「よっぽど大事な用なんだろうね」

「はい、多分……」

「多分～？」

「あ、いや、おおごとです、はい。むっちゃおおごと」

慌てるあまり口の利き方がおかしくなっている。

「何？　早く言いなさい」

「あの、交通外傷で、今週から個室に移った添野洋一（そえのよういち）君、わかりますよね？」

「昨日、退院の話、部長にしたばかりだけど」

入院している全患者の容態、状況を全ての医師が把握するのが東都（とうと）総合病院脳神経外科のルールだ。添野洋一は、母親の運転する車の単独事故でガードレールにぶつかった拍子に、後部座席から飛び出してフロントガラス内側に頭を強打。東都総合病院に緊急搬送されてきたため、深山が頭部の血の塊、急性硬膜下血腫を取り除く緊急手術をした。母親は軽傷だった。

すぐにニキビ面の、まだ男の子といっていい洋一の顔が浮かんだ。

「あの子がどうかした？」

血腫は取り除いた。14歳という年齢的に言っても、特段、容態が悪化するリスクはない。当然、既往症もない。

「少々やっかいなことになりまして……」

「だから何？　やっかいじゃわからない。はっきり言いなさい」

脳外の世界は常に一分一秒を争う。婉曲（えんきょく）話法は必要ない。

「いや、あの、その……本当は、あれは事故じゃなくて、母親に殺されるところだった、と本人が言い始めてます」

「え？」

「つまり殺人だった、と」


東都総合病院脳神経外科は、全国から選りすぐりの脳外科医が集まってくる脳外の世界では名のしられた病院だ。それはひとえに外科部長の今出川孝雄（いまでがわたかお）が破格のギャラで優秀な脳外科医をスカウティングしたからで、ただでさえ癖のある脳外科医たちを次長としてまとめていくのが深山の役目だ。

脳外科医……それは、極めて特殊な職業だ。

『天文学者は星を研究することはできるが、星に手を触れることはできない。分子生物学者はＤＮＡを調べることはできるが、肉眼で見ることはできない』

30年近く前、医学生の深山に強面(こわもて)の指導医はそう宣(のたま)った。

『ところが、だ。これら科学者にとっても最も偉大な創造の神秘に、直接、手を触れ、切り刻み、接合する神をも恐れぬ職業がある。それが……脳外科医だ』

宇宙で最も複雑な器官であり、人類50億年の進化の創造物である脳に改良を加える仕事。そのため、その精密さ、繊細さ、危険度は他の外科、すなわち心臓外科や消化器外科の比ではない。

『普通の外科が地上に渡した幅10センチの棒を渡るようなものだとすれば、脳外科医は10階の高さに渡した棒を渡るようなものだ。特別な者しか渡れない』

その言葉は、野心溢れる若者をその道に進ませるには充分な殺し文句だった。

脳細胞、及び中枢神経は傷つければ二度と再生しない。それが他の臓器との決定的な違いであり、そのため脳外科医の私生活は、「脳外科医である」というプライドと引き換えに苛烈を極める。「オンコール」というのはいつでも電話に出られる状態の救急対応のことだが、脳外に限っては24時間オンコールと言っていい。

いつなんどきの急変に備えて待機する日々。それによって犠牲になるのは、恋愛、結婚、夫婦生活、友人関係、その他もろもろ。得られるのは、少しの誇りと自尊心。だが絶えず手術の出来の優劣で腕を競う外科医にとって、それも風前の灯だ。上には上が必ずいて、その頂点の外科医だけが「トップナイフ」と呼ばれる。

心臓手術のように大きく術野、すなわち手術する部分を開け、みんなが覗き込んで作業する場合は、執刀医、助手、看護師、麻酔医などの総合力で競うオペになる。ところが脳外科の手術は、主にマイクロサージャリーという最小限度の術野で執刀医が手術用顕微鏡を覗きながらのオペになる。つまり執刀医以外に立ち入る余地はほぼない。執刀医の圧倒的な個人技の世界であり、その技術の優劣はわかりやすく、よって傲慢極まりない脳外科医もあまた存在する。その巣窟がここだ。

もっとも、深山もその最たるものだと思われている。


深山が脳外病棟の廊下を不機嫌な顔で急ぎ足で歩いていくと、モーゼの十戒(じっかい)のように行き交う看護師たちが道を開けた。昔は「師長　看護師　医師　モルモット　インターン」といわれた病院内のヒエラルキーだが、脳外次長の深山の恐ろしさと短気は病棟中に知れ渡っている。曰く「オペ中に間違った器具を渡した看護師に蹴りを入れた」「オペレコ（手術の記録）の絵が下手な研修医に徹夜で書き直させた」「骨くずを何度も顔に飛ばしてきた新米医師を最終的に殴った」……。

全てが事実と思わせる威圧感が深山にはあった。170を超える身長と滅多に笑わない切れ長の目、そして「脳動脈瘤（りゅう）とバイパスのトップナイフ」という肩書も一役買っていた。〝女だてらに〟という接頭詞もつけて。

十戒の割れた道の先に、小机が立っていた。

「今朝から急に、なんです。僕は母親に殺されるところだったんだって。ヒソヒソ言い始めて……」

「譫妄（せんもう）じゃないの？」

術後譫妄といい、手術を受けた後に、こういう妄想が出るのは日常茶飯事だ。洋一の場合、少し遅すぎるきらいはあるが、何が起こっても不思議でないのが脳外の世界である。

「いや、それだったらわかりますよ、俺も」

やってきた西郡が不機嫌な顔をして口を挟んだ。この34歳の脳外科医も、若さとうぬぼれと自負で、元々高い鼻がさらに突き出ていて人に突き刺さる。いつも眉間に皺を寄せ、近寄りがたい雰囲気を醸し出しているのがある種の女子に受けているのだが、深山にとっては、ただの〝小僧〟だ。

「だけどちょっと具体的なんです。お母さんは、『もうこれ以上、やっていけない、一緒に死のう』と、わざと車で突っ込んだ、と。それをヒソヒソ声で話す。とても芝居とは思えない」

患者の添野洋一は、母親・貴子（たかこ）の乗る乗用車の後部座席に乗っていた。休みがちな私立中学に、貴子が車で連れて行くところだったという。その途中、見晴らしのいい直線道路でガードレールにぶつかり、衝撃で脳挫傷と急性硬膜下血腫、そして右腕骨折と、生死の境をさまよったが、深山のオペで一命をとりとめ、今は一般病棟で驚異的な回復力を見せている。脳の回復の度合いは年齢とダイレクトにリンクする。その若さが、彼の脳に奇跡をもたらしつつあった。その矢先の話だ。

事故の状況は警察からも詳細に聞いていた。貴子のわき見運転、ということだった。事故後の貴子の狼狽ぶりや自責の念にかられている姿を見ていると嘘とは思えなかった。

「穏やかじゃないでしょ、〝子殺し〟となると」

親子の機微など感じたこともないような独り者の西郡は他人事で吐き捨てた。

「わかった。私が聞いてみる」

西郡が意外そうな顔をした。上司の深山に一応報告したものの、面倒くさい〝後処理〟は自分がさせられると思っていたのだろう。

深山は、言いながらもう洋一のいる一般病棟に向かっていた。なんだか胸騒ぎがしていた。

「本当に殺そうとしてたんです……」

声を潜めて、洋一は話し出す。色白で、時折神経質そうに眉をしかめる。歳のわりに長身だがやせていて、どこか育ちのよさを感じさせる、おっとりした雰囲気がある。だから余計に発する言葉と周りを警戒する姿に違和感が残った。

「お母さんが？　どうしてよ？」

深山はわざと友達のようにフランクに接してみる。

「それは……俺がゲームばかりするから……」

「だから？」

「嫌いなんですよ、俺が。昔から。産まなきゃよかったと思ってるんですよ、そもそも。もういらないと」

「そんなことあるわけないでしょ」

「いや、そうなんです」

さらに声を潜める。

「これから、多分、アイツが来ます」

「アイツとか言わない。お母さん」

「そしたら、はっきりする。先生、信用できそうだから、先生にだけは話すね。あとで」

念のため改めてＭＲＩチェックの指示を、ついてきた小机幸子に命じて一緒に病室を出た。

「深山先生、なんか若い患者にはやさしいですね」

「はぁ?」

東都大学医学部を首席で卒業したと自分で吹聴していたこの生意気な女医の卵は、イマドキの若者なのか妙に距離感が近い。人なつっこいというか、なれなれしいというか、医局に入ったばかりの分際で深山の横に並んで話しかけてくる。５００年早いと深山は心の中で舌打ちした。

「あんな穏やかな顔初めて見ました。わけのわからない譫妄起こしてる患者なんだから、〝うるさい、黙って寝てろ〟ぐらい言うのかと……」

　いくらなんでもそんなことを患者に言う訳がない。気が短いのは身内に対してだけだ。苛立つので追い払うことにした。

「そういえば、岩下(いわした)さんのオペに入って、チタンプレートのネジ、1個なくしたんだって？」

　小机の顔から血の気が引いた。開頭して、外した術野の頭蓋骨は脳の手術が終わると元の部分に戻すのだが、その際、チタン製の金具でネジ固定する。オペの助手である小机が、そのネジを締めようとして、1個、床の溝に落としてしまったのだ。

「結構な重罪だよ。わかってる？　1個1万円。あと始末書。さっさと書いて持ってきなさい」

「ええ〜！」

　小机は蒼白になりフェイドアウトしていった。1万円は冗談だが、迷惑をかけたことに変わりはない。外科は、完全な徒弟制の世界であり、中でも脳外はとびきり厳しい。久しぶりに志願してきた女医だからといって容赦はしない。適性がなければ躊躇なく叩き落とされ、自ら這い上がってきたものだけが「脳外科医」という肩書の栄誉を受けるのだ。深山も若い頃は怒鳴られるのは当たり前、手術中に執刀医に蹴られたのも一度や二度ではなかった。時代が違うとは言え、蹴らないだけマシなのだ。

ナースステーションには、病棟の入院患者の容態を示す電子カルテが並んでいて、そこで医者たちは一通りチェックし、投薬や点滴、検査の指示を看護師に出す。

この病院に運ばれる患者は、脳梗塞、脳出血、外傷などで、およそ三分の一は無事回復するが、残り三分の一は退院しても後遺症が残り、あとの三分の一は生きてここを出られない。厳しいがそれが現実だ。その現実に深山はすっかり慣れ切っているが、様々な指示を的確に看護師たちに出しながらも、先ほどの少年の言葉はまだ深山の脳の片隅にこびりついていた。妄想、譫妄、錯乱、混乱……そんなものは、魚屋が魚を扱うぐらい、脳外科医にとっては当たり前のことだ。なのになぜあの洋一の言葉だけが――？

「先生！」と呼ぶ声が響いた。

パジャマ姿の洋一が立っていた。まだ自力での歩行はふらつくはずだが、わざわざナースステーションまで来たらしい。あれから母親の貴子が見舞いに来て、その貴子をロビーまで見送った後で深山を探していたという。キョロキョロとまわりを気にする様子の洋一を気遣って廊下に出た。

「やっぱり、色々、はっきりしました。それ先生にすぐ伝えたくて。だけど……本当に先生、内緒にしてくれますか」

「勿論。医者だもん。守秘義務」

ことさら軽めに答える。

「どうした？　お母さんと話したんでしょ？」

「いや、話してない。お母さんとは」

「どういうこと？　送っていったんでしょう？」

「あれはお母さんじゃないよ……」

「？……じゃあ誰？」

「あれは……宇宙人なんだ」

洋一の目は真剣だった。

「カプグラ妄想」が起こっている……。深山は慄然とした。

「宇宙人⁉　母親を宇宙人って言ってるんですか⁉　はい〜⁉」

小机が、カンファレンス室で目を白黒させていた。ここは個々の患者の病状や今後の治療方針の検討などを何人かの医師でする場所だ。小机、西郡、そして部長の今出川、看護師の小沢真凛、そして深山がいる。

「うるさい。静かにしなさい」

「いや、だって、深山先生、普通じゃないでしょ、それ」

「カプグラ妄想、か……」

今出川がぼそっと呟いた。

「かまくら妄想？」

「カプグラ、だよ。お得意の海外の文献で見なかったの？」と看護師の真凛が冷ややかに言う。歳は小机より下だがベテランの看護師で、ちょっとネジのゆるんだ小机のつっこみ係になっている。頭でっかちの小机は「アメリカの論文では……」と講釈を垂れるのが得意だった。そのたびに真凛が頭をはたいていた。

「あ、あぁ、カプグラ？……って、え？　カプグラ妄想⁉　あの⁉」

大脳は、その場所場所によって外部から入ってくる刺激を担当する部位が細部に渡って決まっている。人の顔を認識する部位と、その人にまつわる情報や情感を感じる部位はまた別にあり、通常は脳に張り巡らされた無数のシナプスによって、綿密につながっている。憎むべき相手の顔を見れば、むかっ腹が立つし、恋人の笑顔を見れば、幸せな気持ちに満たされる。ところが、血の塊ができた、脳が傷ついた……等なんらかの理由で、この回路が途切れることがある。するとどうなるか。

洋一の場合に当てはめるとこうだ。

顔から「母親である」と視覚情報は認識している。ところが、愛情や情動を感じる部位との回線が途切れているため、親しい情動が全く湧いてこない。つまり母親を見ても、見ず知らずの、どこの誰ともわからない赤の他人を見た時と同じ感情しか抱くことができない。

なぜだ？　母親なのに。

脳は整合性を取りたがる性質を持っている。つまり理屈をつけたがる。するとこう考える。この人は、見た目は母親の顔をしている。だけど愛情を全く感じることができない。おかしい。ということは、この人は母親の顔と体を乗っ取った偽物だ――。

それがカプグラ妄想だ。洋一のように「宇宙人だ」と思い込むのも、カプグラ妄想では割合ポピュラーだった。

「論文では見たことありますけど……そんなの、本人にあれは母親だと説明すれば、わかるでしょ？　14なんだし……」

「これだからド素人は」

きょとんとした顔で呟く小机の横で、西郡が舌打ちしてため息をつく。

真凛が付け足した。

「あのね、彼がそう思うのは、オカルトにかぶれているからでもない。大学教授でも、大統領でも、脳のある部分が傷ついたらそう思い込んでしまうの」

「いや、そうは言っても……」

「いくら理屈で〝そうじゃない〟って言っても、理解できないの。彼の脳は、今、そういう風にしか感じられないようになっていて、脳がそうなってる以上、彼の見る世界は〝そういうこと〟になってるんだから」

「半側無視」という症状がある。脳卒中を起こした患者に現れる場合が多い。脳はよく知られているように右脳と左脳に分かれており、神経系統は左右に交差しているため、右脳が壊れると体の左側が、左脳だと右側に支障が出る。脳梗塞や脳出血で脳のある部分が壊れると、支障をきたした方の側が見えなくなる症状が「半側無視」だ。

正確に言うと脳が認識できなくなるという状態だ。右脳が壊れた患者は、左側が認識できない。花の絵を描かせても、右半分だけの花の絵、すなわち花の左側だけ垂直に消し去った、真っ二つの片側だけの、奇妙な絵を描いてしまう。その人にとって、左側はこの世に「存在しない」ことになってしまうのだ。

本人にはいくら理屈で説明しても、なかなか理解できない。左半分がない世界が、その患者にとっての「現実」だからだ。３次元に生きている人間が４次元の世界を説明されても理解できないのと同じことだ。そしてそんな患者は、今現在だけでもこの病棟に10人はいる。それほど人が確かだと思っている「現実」は曖昧なものなのである。

「でも私や深山先生のことは、ちゃんと認識してるじゃないですか。視覚情報と情動を感じる部分の回路が切れてるなら、なんで？」

「もともと赤の他人でしょ？　そもそも強い感情を持ってない。だから偽物とも思わない」

「はぁ～なるほどぉ」

「はいはいはい」と今出川が、昭和風のハンサム顔に笑顔を乗せてでっぷりしたお腹を揺らしながら手を叩いた。調子のよさと運の強さでここまで上り詰めたと巷（ちまた）では言われている部長。トップナイフを自ら集めておきながら、自身は竹光（たけみつ）ほどにも切れないともっぱらの噂だ。

「カプグラ妄想の講義は以上。で、ＭＲＩの結果は？　どうなの？　深山先生」

「先生」と聞こえずに「せんせ」と聞こえる。それが余計に今出川を軽薄にみせる。

「右前頭側頭部に異常血管を認めます。頭部外傷による硬膜動静脈瘻（ろう）と思われます」

硬膜動静脈瘻とは、外傷など何らかの原因により脳を保護する硬膜の中にある血流に変化が起こり、本来硬膜内に流れて行くべき脳の血液が、逆に硬膜側から脳の静脈に勢いよく流出するようになってしまっている状態のことだ。静脈が異常に拡張してしまう。

「入院時にはなかったものが、徐々に増大して周辺を圧迫したり血流の変化が生じたりして今回のような症状が出現したと考えます」

「緊急オペしたときは、どうだったの？」

「出血源はシルビウス静脈からと中大脳動脈の分枝からのものでした。その他は特に問題なさそうでしたが」

「う〜ん、わかった。動静脈瘻がこれ以上大きくなるようなら、さすがに出血が恐いので、ぼちぼち考えよ」

何事も適当に流すのが今出川の流儀。「その場しのぎ」は彼の十八番だ。

「お母さんは確かシングルマザーだったね」

「はい」

「説明は深山先生、しっかり頼むよぉ。賢そうなお母さんだから理解できると思うけどねー」

事故を起こして搬送されてきたとき「私のせいなの。私が代わりに死ねばよかった」とパニックになっていた添野貴子の顔が目に浮かんだ。フリーの広告プロデューサーだと聞いた。自分の過失で息子に怪我を負わせた負い目からか、見舞いに来てもいつも表情は暗かった。本来はやり手で華やかな人なのだろう。着ている服やバッグが醸し出すおしゃれな雰囲気と暗い顔とのギャップがかえって痛々しかった。

その彼女にカプグラ妄想を告げるのは荷が重かったが、真凛に明日貴子が来たら知らせることと、洋一の絶対安静を伝え、カンファレンス室を後にした。

廊下を歩いていると、西郡が横に並んできた。

「硬膜動静脈瘻があってカプグラってことは洋一君、再手術ですよね」

西郡が話しかけてくるのは、難手術が行われるときだけだ。「若き天才」ともいわれ、トップナイフの称号を狙っている西郡はいつも目を皿にして難手術を探している。

「多分ね。出血の可能性もあるし、それも視野に入ってくる」

「俺、助手に入ってもいいですか」

「シフトによる。頭に入れとく」

「親が宇宙人、か。まぁでも親なんて、宇宙人みたいなもんですよね」

患者の私生活などに1ミリも興味はない様子で、西郡は別の病棟に向かって行った。

まるで昔の自分を見ているようだ、と深山は思う。認定医を取るため、名前を上げるため、寝る間も惜しんで手術に入っていたあの頃——。その時だった。

「お母さん」

と呼ぶ声がした。

制服姿の、半年ぶりに見る娘の真実（まみ）が人気（ひとけ）のないカフェにぽつんと一人、立っていた。

*

「とにかくさ、今日は泊まるっていうから、ひとまず家に連れてくわ。そこで話聞いて、明日には帰すようにするから。ね？」

「わかった。薫（かおる）も心配してる。頼むよ」

元夫の沢城真一（さわきしんいち）は怒ったような声で電話を切った。帰宅時間になっても帰ってこず、継母である薫は、ずっと探していたという。

制服のまま家を飛び出してきた。しかも替えの衣類を詰め込んだバッグまで持って。計画的家出だそうだ。

ＰＨＳをしまい、カフェの席に戻ると、真実は、つまらなそうに自販機で買った紙パックの烏龍茶を飲んでいる。愛想が悪いのは母親譲りか。

「で、どうするつもり？」

という深山の問いかけに、顎で深山を指しながら、目も合わせずに言う。

「そっちから学校に通う」

「……わかった。鍵渡すから、先にマンション帰ってて。私、何時になるかわからないから。マンションの場所、わかるよね」

「Ｇｏｏｇｌｅマップ見れば、なんとなく……」

その時、深山のＰＨＳが鳴った。

「スマホ、繫がるようにしといてね」

と深山は立ち上がり、ＰＨＳを取る。これからも術後管理、学会レポートの作成、抄読会と忙しい。今、真実と話している時間はない。患者の薬剤の点滴量を尋ねる看護師からのＰＨＳを受けながら、ポケットからマンションの鍵を取り出してテーブルに放り、そのまま足早に病棟に戻っていく。途中で振り返ると、テーブルの鍵をじっと見ている真実がだんだん小さくなっていく。

こうやっていつも放り出してきた。そんな気がした。

サマリーという各患者の記録と今後の診療方針を書き、個々の医者たちと明日の予定を打ち合わせ、タクシーに乗りこんだ時には11時を回っていた。考えてみれば、深山のマンションに真実が来るのは初めてだった。

真実は、リビングのソファで寝ていた。ベッドに寝るようにとＬＩＮＥしたのだが、遠慮したらしい。持参したらしきパジャマに着替え、掛布団はかけていた。こういう幼さと大人の部分が混在しているのが16歳なのだろう。

この部屋で自分以外の人間が寝るのは初めてだ。避難してきた小動物のように背中を丸めている。起こして寝室で寝るように言うべきか悩んだが、とりあえずそのままソファで寝かせることにした。深山もここでよく寝落ちするが、それ程寝心地は悪くない。

話は明日することにして、「おやすみ」と小さく呟き、間接照明の灯りを消して寝室に入った。

深山が臨床医学留学プログラムを利用し、カリフォルニアの大学病院に留学したのは30歳の秋だった。そこで同じく医療系企業から留学していた同い年の沢城真一と知り合って交際を始め、32歳で結婚。34歳で真実を産んだ。

「東都総合病院にいきませんか」

ほどなく東都総合病院から移籍の話が持ち上がった。脳外のスペシャリストが集まる〝東都総合病院〟というネームバリュー。日本の脳外科医でそこに憧れを抱かぬ者はいない。悩んだが、家事育児に理解のある沢城が背中を押してくれ、都内に住む沢城の実家の義父母もバックアップしてくれるということで、仕事を持つ女としてはこの上ない好環境の中、移籍を決意した。

しかし、甘かった。

全国から、腕を磨きたい脳外科医たちが集まる梁山泊（りょうざんぱく）。少しでも術技がないとみなされるや、容赦なく窓際に追いやられる。毎日毎日が真剣勝負。ことにエースとして君臨する、「世界のクロイワ」の異名をとる顧問兼副部長・黒岩健吾（くろいわけんご）の下についてからは、さらに過酷さは増した。

出産後わずか3か月での職場復帰に加え、救急最前線に入り当直も月に3〜6回もこなす生活。家事と育児は主に夫、娘の送迎や夕飯は義父母の世話になりっぱなしの生活が続いた。

真実の「はじめての言葉」「はじめて歩いた日」、あらゆる「はじめて」に立ち会うことなく多忙な日々が過ぎ、音（ね）をあげたのは沢城だった。もっと娘と向き合う時間を作ってほしいと他科への異動を懇願されたが、「脳動脈瘤とバイパスのスペシャリスト」としてトップナイフへの階段を上りつつあった深山に、そのハードルは高かった。

深山は、自分がこれまでキャリアを優先出来たのは沢城のお陰であり、普段も一緒に居る時間は限られているし沢城が希望するならと離婚を受け入れた。そして真実は沢城が引き取った。

深山40歳、真実6歳の時だった。

*

「話が通じないの、あの人とは」

真実は、着替えた制服をパンくずで汚さないよう気を付けながらミルクを飲んでいた。

「あの人とか言わない。お母さんはお母さんでしょ」

深山は睡眠時間3時間で、真実のために朝食を作った。母親らしい愛情というより、恐らく罪悪感からだ。

とにかく色々口出しがうるさい。勉強しろ。そんな恰好はするな。塾の課題もしっかりやれ。ガミガミのオンパレード。あんな友達と付き合うな。ケンカの際に放った継母のその一言で、家出を決意したのだという。

一晩泊めてもらって気持ちが緩んだのか、朝食のわずか20分の間に饒舌（じょうぜつ）に真実は話した。

「やっぱさ、継母じゃん。無理あんだよね」

「口、悪いね、あんた」

「母親に似たんだよ」

そう憎まれ口を叩いて、「初めてのコースで行くから、早めに」と風のように出て行った。ここから学校までは1時間半はかかるという。それも予習済みだったようだ。

深山は空いた皿を片づけながら、あんなに話す子だったっけ、と不思議な気がしていた。余程愚痴がたまっているのか、それとも緊張の裏返しか。しかし深山も少しほっとしていた。こんな風にざっくばらんに話したことは今までなかった。泊まりにきて、さてどうなるものかと案じていたら意外にもすんなり打ち解けたのだ。

離婚以来しばらくは、月に一度は真実と会っていた。が、小学5年生ぐらいから会ってもあまり話をしなくなり、面会も月に一度から2か月、3か月に一度と少なくなっていった。中学生になってからは、ついに会ってもファミレスでただ黙々とご飯を食べ、スマホを見るだけで会話らしい会話はなくなっていた。そしてここ半年は会ってもいない。だからこんな風に〝普通の親子〟のように話すのは悪くない気分だった。

「戻ってきたらゆっくり話を聞いて、なるべく早くそちらに帰すようにするから」と沢城にLINEした。薫さんもくれぐれも心配しないように、の一言も忘れなかった。

深山は薫が苦手だ。沢城の勤める医療機器メーカーの事務員だったたと聞く。ふっくらした顔立ちと丸みを帯びた体型は母性を感じさせ、いかにも男受けしそうだ。沢城と結婚して専業主婦となり、3年後、男の子を産んだ。沢城によれば、実子ができても分け隔てなく真実と接し、献身的に家庭のことをやっているという。恐らく深山に欠けたものを全て持っている人なのだろう。深山は、ある種のコンプレックスを感じていた。それだけに今度の騒動は少しばかり、深山に意地悪な優越感と、それを感じることの罪悪感を与えていた。

＊

職員専用の通路を歩いていると、駐車場に派手なエンジン音が響いた。真っ赤なツーシーター。降りたのは、深山の上司、黒岩だ。

「カプグラ妄想が出たって？　オペ適応か？」

ずかずかと大股で歩きながら、挨拶もなしに聞いてくる。昨日までアメリカの脳外科学会に招かれ、公開オペをしてきたはずだ。タフが服を着て歩いているようなこの男に朝一で会うのは、朝からステーキを食べるようで胃がもたれる。髪まで油でテカっている気がする。

事情を説明し終えると、黒岩はフンと鼻をならした。

「この部位の硬膜動静脈瘻のオペは30例経験してる。徐々に大きくなってるってのは厄介だな。女と一緒だ。暴れると手が付けられん」

そう言い放つと、さっさと先に歩いて行った。深山は黒岩が苦手、いや天敵と言っていい。「女に脳外は無理」と公言し、学会の場で居並ぶ理事たちを前にバトルしたこともある。世界各国の病院に招聘され、オペの合間に講演、テレビ出演と超多忙のくせに女関係も派手な独身の53歳は〝模範的な脳外科医〟ということで世界最高の脳外科医に与えられるトップナイフ賞を日本人で初めて去年、受賞した。確かにその技術は悪魔のように模範的だった。それがまた深山を始め、他のトップナイフを目指す脳外科医たちを苛立たせた。

各患者の治療方針の確認を医局員全員でカンファレンスし、各病室を回診する。洋一の所へ行くと、深山は仕切りのカーテンを下ろし、洋一と2人きりになった。軽い問診のあと、サイドテーブルに置かれた貴子と洋一が肩を組んだ写真を指して深山が尋ねる。

「これは誰?」

「何度言わせるんですか、先生。母親に似た宇宙人ですよ」

「どの星から来たの」

「そんなの知りません。やつに聞いてください」

「でもさ、この宇宙人は、あなたのためにせっせとお菓子を持ってきたり、あなたの着替えを持ってきたりするよね。それはどうして?」

「う〜ん、気に入られたいんじゃないかな、俺に。俺と一緒にゲームをやりたいんだと思う」

「ゲーム? オンラインゲームってやつ?」

「そう。俺、うまいの知ってるよね? ここじゃ取り上げられてるけど」

「それをやりたがってると……。じゃあこの人は誰?」

洋一自身を指した。

「もう一人の、洋一です」

「どういう意味?」

「彼は俺そっくりだけど俺じゃない。だって、こんなリュック持ってないもん、俺」

ハイキングにでも行った時のものか、写真の洋一はデイパックを背負っている。そのことを指しているらしい。だが鏡を持たせて自分の顔を見せると、これは自分の顔だ、なに当たり前のことを聞くんだ、と言う。写真では無理だが鏡に映ったものは自分だと認識する程度には脳の回線は繋がっている。これがカプグラ妄想だ。

「この宇宙人が、君を殺そうとしたのは、どういう理由だっけ？」

「昨日も言ったじゃん、先生。覚え悪いな」

「ごめんねー、先生、忙しいからさ。で、どういう理由？」

「ゲームだよ、それも。俺のゲームの腕が凄いから、嫉妬したんだよ、奴は。それで殺そうとしたってわけ」

どうやら「ゲーム」がひとつのキーワードのようだ。深山がナースステーションに戻った時、前を貴子が通りかかった。呼び止めて、小机にカンファレンス室に案内させた。

「宇宙人⁉　私のことを⁉」

理知的な母親だが、この時ばかりは1オクターブ声が高くなった。深山は、MRIの画像をパソコンで示しながら説明する。

「人間の感情、愛情や憎悪、親近感といったものを司(つかさど)るのは脳の偏桃体という部分です。一方、人の顔を見分けるのは視覚情報を司り、中でも顔だけを見分ける視覚連合野という部分。通常は神経細胞で繋がっているこの2つの回線が切れているため、こういうことが起こるのです」

深山は素人にもわかるようにかみ砕いて話した。貴子の飲み込みは早かったが、理屈に感情が追い付かないようだった。無理もない。

「宇宙人……私を……」

呆然とする貴子に、今後、大出血のリスクもあり手術の可能性もあること、妄想の状態は予後がわからず暫く様子を見るしかないことを告げた。時間をかけて自分で理解してもらうしかない。落ち込んでいる貴子に小机が声をかける。

「あ、でも、宇宙人と言っても、きっときれいな宇宙人だと思いますよ。『銀河鉄道999』のメーテルみたいな……って、彼女、宇宙人でしたっけ?」

看護師の真凛が小机の後頭部をはたいた。

「ここはもういいよ」と深山が言い、真凛は好奇心からまだ話を聞きたそうにしている小机を引っ張って出ていった。深山と2人になると、貴子が途方にくれた顔で話し出した。

「ほんとにもうどうしたらいいか……」

「後遺症の高次脳機能障害の話は、以前させてもらったと思うのですが、どうしても脳にここまでの怪我をおってしまうと出てくるものなんです。むしろ洋一君の場合は今まで順調すぎた。でも何かの拍子にすっと治る場合もある。気長に見てください」

「殺されるところだった、と言ったことと関係あるのでしょうか」

「それは、多分もうカプグラ妄想が始まっていて、貴子さんを母親だと思えないから、ああいう発言になったんだと思います」

妄想を起こしたことまで、自分の過失だと思っているのだろうか。抑うつ状態になっているのかもしれない。注意が必要だなと考えていると、貴子は呻くように呟いた。

「私……本当にあの子を殺そうとしていたのかもしれません」

「そんな。何を言ってるんです。そんなことあるわけないじゃないですか。母親が息子をなんて……」

「ないと言い切れますか」

貴子は、不意に深山の目を見据えた。ぎくりとした。咄嗟に真実の顔が頭に浮かんだ。

それから貴子は語り出した。

大学を卒業後、帰国子女のメリットを生かし、外資系の広告代理店に入ったこと。そこでの営業の仕事がことのほか楽しく、どんどんのめりこんだこと。そして30歳で会社の同僚と結婚したのを機に独立。忙しさはさらに増したが、仕事は順調だった。妊娠したのは35の時。会社勤めの夫は育児休暇を積極的に取ろうとするなど協力的だった。ところが……。

「臨月に、浮気がわかったんです。夫の……」

どうしても許せず離婚をし、洋一を一人で産んだ。フリーの広告プロデューサーとして、それなりの収入と貯金はあったが、それからが大変だった。だが、元夫への意地もあり、頑張り通した。父親がいない分、厳しく育て私立の名門中学にも見事合格した。

「だけどその学校が厳しすぎたのか、みるみる成績が下がっていって。それにいじめもあったらしく、学校を休みがちになって……」

その頃から、貴子に暴力も振るうようになってきたという。そのうち学校も全く行かなくなり昼夜逆転してオンラインゲームをするようになっていった。

「あぁ、それで彼はゲームの話をよく……」

「もう何を言っても聞かなくて。私もフリーでやってるから、仕事はお構いなしに入ってくるし、どこにも相談することもできなくて」

実家とも折り合いが悪く、シングルマザーになって以来帰っていないという。

「学校に連れて行こうとして、事故にあったんですよね」

「違うんです、本当は」

貴子が思わぬことを口にした。

「ゲーム依存症っていうんですか、それじゃないかなとも思って。それで、千葉に専門の病院があるっていうんで、そこに連れて行こうとしたんです」

「洋一くんは、よく承諾しましたね」

貴子は頭を振った。

「騙したんです。ちょうど幕張でゲームショーがあるって言うんで、そこに行こうと連れ出して。だけど、途中で幕張を通過したもんだからおかしいと暴れ出して……」

走る車の後部座席から、ガンガンとシートを蹴りだした。それに気を取られて、カーブに気づくのが遅れたのだという。

「だったら、やっぱり事故」と言いかけた深山の言葉を遮った。

「いいえ、だけど、あの一瞬、目の前にガードレールが飛び込んできたあの瞬間……もういいや、って思ったんです」

貴子はかすかに笑った。

「もういいや。このまま死んじゃおうって。息子と一緒に」

「添野さん、それは違う。こういう事故を起こした人が自責の念にかられて記憶を書き換えちゃうことはよくあります」

貴子は、また頭を振った。

「だって、初めてじゃないんですよ」

もともと産みたくて産んだわけではなかった。妊娠が発覚したとき、むしろ元夫が喜んで「ありがとう、ありがとう」と涙した。その涙にほだされて産む決意をした。それなのにひどい浮気をされ一人で産むことになった。シングルマザーは休んでいられない。保育園が見つかると、すぐ働きに出た。しかし、そこからが地獄だった。幼子は見透かしたかのように大切なプレゼンの準備の日に限って夜泣きをする。熱を出す。ぐずる洋一を抱きながらパワーポイントでプレゼン資料を入力した。睡眠時間が毎日2時間なんてことはざらだった。

「朝までにしあげなきゃならない書類を作ってるとき、夜泣きして抱っこしながら揺らしていて〝なんで子供なんて産んだんだろう〟って」

このまま、床に落としたら死ぬのかな……そんなことを考えたこともあったという。

「それが多分、子供にも伝わっていて……。学校に上がるころからは、ほんとに手のかからない子になりました。でも……押さえつけてただけなんです、力で。愛情じゃない。その反動が一気に出てきたんです」

わかる気がする……とは、医者として言えなかった。

「違いますよ、それは。それは仕事を持ったお母さんは大変ですよ。私もそうでしたから。朦朧とした中で、一度や二度、そんなことも考えますよ。でもそれは本心じゃない。絶対にない」

「そうでしょうか」

「そうですよ。絶対そう。添野さん、今、疲れてる。自分を責めすぎてます。事故も、怪我も、後遺症も、しょうがないこと。もう起こったんだから。冷静に前を向きましょう」

いつもはクールな深山が、珍しく、大きな声を出していた。

その後、黒岩のオペに深山は入った。西郡が第一助手なのだが、西郡は黒岩と仲が悪い。万一のことがあってはと、今出川が監視のため深山に指示したのだ。こういう雑事を全てこなさねばならないのが、中間管理職のつらいところだった。もっとも、通常は5～6時間はかかるだろう再発聴神経腫瘍のオペを、黒岩はわずか2時間30分で終えてしまった。この男の、オペに必要な空間認識能力は、間違いなくコンピューターより上だ。野性の勘としか言いようがない。

術後の手洗いをすませ、売店でおにぎりを買う。昼食は今日は15分。昼からもオペが2件入っている。体力勝負の時はパン系でなく白米だ。頰張りながら深山はスマホのＬＩＮＥを見た。

「今日は部活休み。4時には帰れる。いっぱい話そ」と真実から可愛いスタンプ付きのメッセージが入っていた。今日はいつもなら早めに仕事を終えてジムで1キロ泳ぐ日で、ルーティンを崩したことはない。50を超えると、ルーティンこそが大切なのだと思い知る。仕事を円滑に進めるためには、規則正しい生活が最優先だ。もう無茶はきかない。人間は裏切るが、筋肉は裏切らない。

どうしようか逡巡しながら歩いていると、洋一の病室の前まで来ていた。病室をのぞくと洋一はぼんやり窓の外を見ていた。誰かが来るのを待っているかのように。

医局に戻って、ロッカーのジムセットをいったん手に取り、元に戻した。今日はルーティンを破ることにした。

*

「でさ、担任の岡野(おかの)っていうのが、これがまたありえないの」

真実はよく喋った。早く始まった反抗期だったが、終わるとこうも明るく人なつっこくなるものかと深山も内心、驚いた。「何を話そうか、話すべきか」と身構えていたのが馬鹿みたいだった。放っておくと勝手に喋っている。あっという間に待ち合わせのカフェで2時間が過ぎていた。

「もうこんな時間だ。おなかすいた？」

「すいたすいた」

「何食べたい？」

「え？　外で食べるの⁉」

継母の薫は節約家で、滅多に外食はしないのだという。真実の大きな目がくりくりっと動いた。深山としては単に自炊するのが面倒なだけだったのだが。

「たまには、ね。何がいい？」

「う～ん……ハンバーグ！」

この辺はまだまだ子供だ。深山は行きつけのホテルにあるステーキ店に予約をいれタクシーを呼んだ。

「え？　タクシーで行くの？」

言われて気づいた。確かに高校生には贅沢かと思ったが、正直疲れた体で電車に乗る気にもなれなかった。

「時間がもったいないでしょ。この歳になると時間が一番貴重なの」と言い訳してタクシーに乗り込んだ。

ホテル高層階にあるステーキ店は、ハンバーグも出す。夜景を見ながらカウンターに並んで、ステーキとハンバーグをそれぞれ食べた。大人な雰囲気に真実はテンションがあがったのか、より饒舌になった。深山も、赤ワインの酔いに任せて、聞かれるままに今まで話したこともなかった自身のことを話した。真実は意外に聞き上手だった。

「へ～え、たった一人、男の中でやってきたんだ」

「外科医っていうのはね、女性には厳しいものがあるの。今は昔ほどじゃなくなってきたけど、それでもやっぱり外科の中でも脳外科医はね……。脳っていうのは、結局、開けてみないとわからないところがあるからね、大変なのよ」

「ふ～ん」

「1ミリ傷つけただけで、その人は一生歩けなくなる可能性だってある。それに3分酸素が行かないだけで脳は死ぬ。ものすごく繊細で、おまけにどこが傷ついたらおかしくなるのか、わかってない部分も多い」

真実が目を丸くする。

「超危険な場所に探検に行くみたいなもんじゃん」

「それに当直ね、これは今だと週1回だけだけど、それ以外でも、自分の患者が急変したらすぐ駆けつけなきゃいけない。で、その場で手術なんてこともある。寝てたら急に起こされて、今、この飛行機落下してるんだけど、立て直してください、って言われたパイロットみたいなもんよ」

「う～ん、それはよくわかんない」

深山と真実は目を合わせ、笑った。声をたてて笑うなんて何年ぶりだろう。

「でもさ、あのテレビでよく見る黒岩先生っていうのが、直接の上司なんでしょ？やっぱお母さんより凄いの？」

「う～ん……五分、かな」

また真実が笑ったその時だ。

「深山先生？」

と後ろを通りかかった、中年男性が声をかけてきた。

「あら、北条さん」

北条直樹という、売れっ子の俳優だ。東都総合病院がテレビドラマの監修をした時、医療指導に深山があたったのだ。

「いや～その節はお世話になりました。まさかこんなところでお会いするとは」

「あまり飲みすぎないように。まずいとこ見られた。血圧高めでしたよね」

「いや、まいったな。まずいとこ見られた。はは。また芝居のチケット送りますんで、是非、来てください」

社交辞令を言って、去っていった。真実は目を白黒させている。

「今の、北条直樹だよね⁉　知り合いなの、お母さん！」

「まぁ、ちょっとね。仕事上。よくあること」

「すっごい」

初めて見るであろう有名人が母親と知り合いと知って興奮している様子だった。

こういうところはまだ子供だと思ったが、単純に悪い気はしなかった。

*

「説得してくれたのか」

マンションに帰ると11時を回っていた。興奮する真実を寝かしつけ、スマホを取って沢城に連絡を入れた。彼からは何度も留守電にメッセージが入っていた。

「まだなんか言い出しにくいみたい」

正直に言えば、たわいもない話ばかりで真実の悩みは聞き出せていなかったが、とりあえずはリラックスさせることがカウンセリングの基本……と心の中で言い訳していた。

「でも、こっちからも学校は行ってるし、変なことはさせないよう見てる。安心して」

「ちょっと薫に代わる。心配で夜もあまり寝てないんだ」

それはちょっと……という深山の声も聞かず、すぐ横で聞いていたであろう薫の切羽詰まった声が響いてきた。

「あの、ご迷惑かけてすいません……」

「いや、別に。お久しぶりです」

真実が自分の子供であることに変わりはない。ことさらに謝られたのが、深山には少しあてつけのように感じられた。

「あの、真実は、今、学校の友人関係で悩んでるんです。それでちょっとクラブや塾も休みがちで、私がきつく注意したもんだから……」

「精神的には安定してますから。そのうち帰ると思います。私も説得しますから」

「はぁ……。お仕事が大変なのに……」

「いえ、お心遣いはありがたいですが、大丈夫です。シフトを抑え、なるべく真実と接するようにします」

ようやく電話を切る。深山は薫が苦手だった。どこまでが本心なのかわからない。そのくせ意外とぐいぐい相手に体重を乗せてくる。直情径行型が多い外科医にはいないタイプだ。

切ったスマホの画面にＦａｃｅｂｏｏｋの新着の知らせがあった。

薫のものだった。沢城とは真実の連絡の関係もありＦａｃｅｂｏｏｋで繋がっており、必然的に沢城と繋がっている薫のそれも深山のＦａｃｅｂｏｏｋに自動的に入ってくる。ブロックするのも差し障りがあるのでそのままにしているが、連日、家でクッキーを焼いただの子供の運動会だのという日常が投稿されていた。

連絡用だけで放置している深山とえらい違いで、今日の投稿も真実の弟にあたる５歳の長男の誕生日会を家でしたというものだ。子供と一緒に満面の笑みを浮かべる、すっぴんの薫が写っている。

深山は、この人との距離は宇宙人より遠いかもしれないと思った。

＊

小机が洋一の掌に電極のついた小さなパッチをつける。そして、小机が写真を1枚1枚見せていく。写真は貴子にもってきてもらったものもある。パッチから伸びた線は、真凛が見ている測定機に繋がっている。

「これは誰？」

「それは、おじさんです。母方の」

「じゃあこれは？」

「深山先生」

後ろにいた深山が、勝手に深山の写真を入れた小机を軽く小突く。

「じゃあこれは？」

「……母親に似た人」

それは貴子の写真だ。

「最後にこれ」

「俺の従妹」

「オッケー。ありがとう、洋一君」

深山が真凛の方を見ると真凛が頷いた。これはGSR、電気皮膚反応と呼ばれる、うそ発見器の基礎となる簡単なテストだ。人は自分の母親や父親を見ると、ごくわずかな発汗し、GSRの値が急上昇するが、案の定、洋一は誰を見ても値が変わらなかった。彼のカプグラ妄想は科学的にも実証された。

「気分はどう?」

「全然いいよ。なのにこんなとこで寝てなきゃいけないのがきつい。退屈で」

「君の脳の中には、傷がついた血管があって、それが大きくなって大出血を起こさないよう、絶対安静なの。わかった?」

「は〜い」

洋一はゲームがしたくてしょうがない様子だった。自覚症状もないし、この洋一のいる部屋は大部屋でまわりは重症患者だらけで、テレビも置かれていない。彼にとっては牢獄のようだろうが、深山に言うとまたぴしゃりと怒られるので黙っているようだった。

洋一のオペは、1週間後に決まった。動静脈瘻の場所、拡大具合から総合的に判断した。オペは深山だ。それを洋一に告げた。

「え～、また頭、切るのぉ」

「前から言ってたでしょ？　大丈夫。頭、よくなるよ、きっと」

「もう十分いいんだって、俺の頭は」

今日は上機嫌だと思ったら、不意に耳を貸せと洋一が手招きした。

「何？」

「まさか……アレの差し金じゃないよね」

「アレ？」

「宇宙人だよ」

「あのね……これは私の指示」

聞いていた小机が茶々を入れた。

「宇宙人より怖いよ。でかいし」

真凛が小机の頭をはたく。

「あ～、やだなぁ」

「あ、私の腕が信用できない？」

「そうじゃないけどぉ」

「もうすぐお母さん、来られます」

と真凛が時計を見て言う。仕事の合間に今から来るらしい。

「じゃあせいぜいお母さんに甘えてなさい。動いちゃだめだから」

そう言い置いて深山は次の回診に向かった。

その廊下で、見舞いに行く途中の貴子に会った。深山が手術の日程を伝えると、その言葉を待たず貴子は暗い顔で口を開いた。

「近頃〝お母さんを呼んでくれ〟って言うんです、私に」

「貴子さんに?」

「ええ。目も合わせず、せめてお母さんを呼んでくれないか、どこにいったんだ、って。寂しそうな顔で」

貴子はため息をついた。

「もうすぐ来ると思うって。それしか言えなくて……」

「添野さん、もうあと1週間です。手術をすれば、妄想は消えるはずです。気を強く持ってください」

「はぁ……」

貴子は眉間に皺を寄せ、ずっと俯いていた。

「大丈夫ですか」

「最近、ちょっと眠れなくて」

「薬を処方しましょう。思い詰めるのは良くないですよ。まずはぐっすり寝てください」

　深山は小机に特別に安定剤を処方するように命じ、貴子と別れて回診に向かった。並んで歩いていると、真凛がくすっと笑った。

「珍しいですね、深山先生」

「何が？」

「患者さんじゃなくて、付添いに薬を処方してあげるなんて」

　言われて気づいた。確かに深山は「やさしい」というタイプではない。しかも、脳外科という生と死のせめぎあいの真っただ中にいると、つい患者とは距離を置くようになる。

「葬式で泣くような奴は葬儀屋になっちゃいけない」

　黒岩の口癖だが深山も同感で、その覚悟が脳外科医には求められると思っている。なのに患者の付添いにまで薬を処方するとは。

「特別。事情が事情でしょ」

そう言い訳したが、確かに知らず知らずのうちに彼女に同情しているのかもしれない。

＊

「楽しい？」

「え？」

「楽しいって聞いたの！」

「うん、楽しい！」

大音量が真実との会話を途切れさせる。好きなロックアーティストがいるという話から、そのコンサートに今すぐ行こうとなって、深山がチケットを手配した。

そのアーティストの事務所の社長だか会長だかを黒岩が手術したことがありコネがあったのだ。当日の申し出にもかかわらず、ステージ真ん前の来賓席になり、真実は文字通り飛び上がって喜んだ。ずっと立ちっぱなしの2時間は、アラフィフの深山にはこたえたが、何かのエクササイズだと頭の中で納得させて耐えた。

「すっごい、お母さん、最高！」

バックステージに連れていかれ、アーティストに直接ハグされた真実は、上気した顔で、その後のレストランでも喋りどおしだった。イタリアンのコースの、最後のアイスを口にしているときに、真実が不意にぼそりとつぶやいた。

「一緒に住んじゃだめかな、このまま」

「え？」

「お母さんと。ここからでも学校には通えるし、とりあえず卒業まで」

思いもかけない申し出だった。深山は思わず口ごもる。

「それは、お父さんや薫さんと話し合わないと……」

「お母さんはどうなの」

「え？」

「真実と一緒に住んでもいいと思ってるの？」

慌てた。言葉が咄嗟に出てこなかった。

じっと深山の顔を見ていた真実が、ふっと笑った。

「お母さんて、実は正直だよね」

「何が」

「だってすぐ顔に出るもん。困ったって顔してる」

図星だった。大人をからかうんじゃない。そう窘めるのが精一杯だった。なおも深山が言葉を継ごうとすると、真実が遮った。

「いいの、いいの。でも、私のことは思ってくれてる。でしょ？」

大人のような口ぶりだった。

「当たり前じゃない」

「それで十分。お母さん、私のこと思ってくれてるって、この何日かでわかったから。もう暫く、いてもいい？　あのマンション」

「好きなだけいなさいよ。そのかわり、お父さんたちにもきちんと話さなきゃだめよ」

「わかってる」

言いながら、アイスティーを飲んでいる。こんなに物分りのいい子だったか。とにかく深山の方が押されていた。

「私、お母さんに嫌われてるって、ずっと思ってた」

少し笑みを浮かべ、話しだした。

「保育園の年長の時の、学芸会、覚えてる？」

「年長の時……」

「私、どうしても見てほしくてさ。でも、お母さん、その日は大事な手術が入ってるとかで、無理だって前から言われてて……」

覚えていなかった。真実が5歳、深山が39歳。最もオペの数をこなしていた頃だ。

「覚えてない？　私、シンデレラでさ。その日は、お父さんが連れて行ってくれることになってたんだけど、どうしても諦めきれなくて、出勤するお母さん、玄関のところに先回りして、待ってたんだよ、シンデレラの恰好してさ」

毎日、黒岩の助手に入り、なるべく難しい手術をこなしていた時期だ。夫の実家近くに一軒家を借りていた。黒岩の要求に応えるのに必死だった。黒岩の要求は厳しく難しかった。わずかなミスで、黒岩の怒号と場合によっては手術の延期までの事態になる。必死だった。

「で、植え込みからばって出てってさ。なんか言ってくれるかと思ったら、お母さん、驚きもせず、〝急いでるから〟って、それだけ言って、行っちゃって……」

「そうだったかな」

苦笑してみせる。が、内心はあせっていた。

「その後さ……お母さん、一回も振り向かなかったんだよね」

話していた真実の顔に、一瞬、影が差した。

「普通、気になってたらさ、ちら、ぐらい振り向くじゃん。お母さん、一切振り向かず、行っちゃったんだよ。その時、あぁ、本当に私の事どうでもいいんだなぁって思ったんだよね」

そうだったのか。そして、そのことを断片すら覚えていなかった。

「ごめん。多分、むちゃくちゃ急いでたんだと思う。あの頃、必死だったから」

深山は珍しく言い訳をした。

「でも、いいの。今度来てみてわかった。お母さん、やっぱり私のこと好きなんだって。だってさ、コンサートの時だって、時々、瞼、くっつきそうになってたよ!」

明るく笑う真実から深山は目をそらし、残っていたグラッパを一気に飲んだ。

*

翌日、午後のオペの術前カンファレンスを終えた頃だった。小机に呼ばれ、ロビーに行くと、薫が立っていた。どうしても直接会って話がしたかったのだという。こういうズカズカと人の敷居を越えてくるところが深山は苦手だった。もっとも電話で一方的に切られるのが嫌だったのだろう。しょうがなく10分だけということで立ち話をした。

地味なセーターにパンツ姿だ。いてもたってもいられなくなって、突然出てきたのいか。
かもしれない。真実の小学校の卒業式で遠くから挨拶して以来だから、4年ぶりぐら
「ご無沙汰してます」
「すいません、お忙しいのに突然……」
わかってるなら少しは考えてよ、という言葉を呑み込んだ。深山の家に行けば真実
と鉢合わせになるかもしれない。今はその刺激は避けたくて、ここに来たと言う。
真実は今、とにかくチアリーディング部の人間関係で悩んでいて、くさっている。
部活もさぼりがちで、その影響で成績も落ちている。なので厳しく言ったら反発して
出て行った——。電話で聞いたのと同じことを繰り返した。
「今、逃げてるだけなんです、あの子は……」
深刻そうな顔をしているが、これは演技ではないか、あてつけではないのか。本当
にこの人は真実のことを自分の子供だと思っているのか。ずっと前から思っている疑
念が深山の中で渦巻いていた。前妻の子を実子と同じように愛せるものなのだろうか。
深山もまた、電話で話したのと同じことを繰り返した。
「とにかく、ようやく落ち着いてきたので、本心を聞き出します。話はそれからにし
ましょう」

その時だった。深山のＰＨＳが鳴った。

「お母さんはどこにいった、と添野洋一くんが暴れてます！」

看護師の真凜からだった。深山は薫に急用を告げ、踵(きびす)を返して走り出した。薫は呆然とした顔をしていたが構っていられなかった。

病棟では洋一が西郡と何人かの看護師に抑えつけられていた。

「離せ！　お母さんをどこに隠した⁉　お母さん！」

ずっと見舞いに来ないので病院が隠したのだと言い張っているという。意識が不穏になっている。洋一は泣いていた。くしゃくしゃになった顔は、普段よりずっと幼く見えた。

「ちょっと静かにしろって！」西郡が冷たく言い放って腕をとって押さえている。洋一の細い腕が逆に曲がっていた。痛々しくて見ていられず、深山は西郡に腕を離させた。

「大丈夫。お母さんはもうすぐ来るから。ね？」

深山が声をかけると、暴れていたのが嘘のように大人しくなった。

とりあえずベッドに寝かせ、ジアゼパムという鎮静剤を静注しひと眠りさせた。

目覚める頃を見計らって、深山はベッドの横に座った。

「よく眠れた？　ちょっと疲れてるね」

「お母さんは……」

「うん、ちょっと仕事が込み入っててなかなか来られないみたい。でも、頑張れるでしょ。男なんだから」

「なんでお母さん、来てくれないのかな」

「だから、それは……」

「俺がゲームやりすぎたからかな……」

潜在意識でゲームのことを反省しているのだ。

「だから、罰としてあんな宇宙人を見舞いに来させてるのかな」

皮肉なものだ。お互いを思っているのにこんなにもすれ違っている。深山は切なくなった。

「ねぇ、ゲーム教えてよ、先生に。たまにはいいわ。解禁してあげる。今だけ」

洋一の気分を変えるようにそう言って、真凜にゲーム機を持ってこさせた。ドクターにもゲーム好きはいる。医局で暇な時にやっている若い医者がいるのだ。それで、2人で始めた。しかしゲーム機など触ったこともない深山は、まるで要領を得ず、やっと覚えても弱くて話にならないようだった。それでも洋一は気が紛れたのか楽しそうだった。他の患者の包帯交換をしにきた真凛や小机が、少年とゲームに興じる深山を驚きの目で見ている。

配膳の時間になり、さすがに切り上げることにした。

「弱いな、先生。話にならないや」

「悔しい。今度将棋しよう、将棋。あれなら先生負けない」

「わかったよ」と洋一は嬉しそうに笑った。

「お母さんとゲームはしたことあるの」

が、深山の質問にたちまち洋一の顔は曇った。

「ない……。嫌いなんだ、お母さん」

「そうか。たまにやると面白いのにね。先生、今度、お母さんにすすめといてあげる」

「ほんと？　ありがとう」

洋一は、この日一番の笑顔を見せた。だいぶ落ち着いたことに安堵して、深山は立ち上がり、病室をあとにした。

その夜、遅く帰ると、真実は健気にも起きて待っていた。どうしても話がしたかったと言う。たわいもない話を一通りした後、深山は薫が病院に来たこと、そしてチアリーディング部での悩みについて話していたことを切り出した。

「え？　そんなことまで言ったの⁉　信じられない」

「で、どうなの？　そうなの？」

核心にはずばっと切り込む。これは長年脳外で揉まれたノウハウだ。

「違うよ、全然。バカみたい」

真実は屈託なく否定した。

「あの人には面倒くさいから言ってないけど……本当は、男関係なんだ」

「男？　オトコなんて言わない」

真実が語ったところでは、親友の好きな子が、自分のことを好きになった。自分は相手のことが好きでもなんでもないが、親友は色々疑心暗鬼になり、ほとぼりが冷めるまで今は距離を置いている。同じチアリーディング部なので、部活も休んでいるのだという。

「でもね、今日、仲直りした。結局、意外としょーもない男だって、わかったみたいでさ。明日、仲直りのカラオケ行くの」

「なんだそりゃ……」

拍子抜けした。高1の悩みなんてそんなものか。

その後も、パジャマに着替えベッドで2人並んで延々と話は続いた。翌日も5時起きだったが我慢した。真実は、薫の悪口に終始した。インテリアの趣味の悪さ、服のセンスのなさ、頭の回転の悪さ……さすがに、時折は窘めるものの、「とりあえず吐き出したいものは吐き出させよう」と最後まで聞いていた。

「ねぇ、私、お母さんが働いてるとこ、一回、見てみたいんだけど」

「いいよ。見に来る？」

「ほんと？　行く行く。手術とかも見てみたい。ちょっと怖いけど」

「うん、いいよ」

その返事を聞いて5分とたたないうちに、真実の寝息が聞こえてきた。

誰かの寝息を聞くのも悪くない。そう思い始めていた。

確かに自分のキャリアの中で、子供はいらないと思ったのは事実だ。だけど50になり、いろんな面で自分の限界が見えてきた時、安らぎが欲しくなっているのもまた事実だった。

これからもオペはし続けるだろう。東都総合病院脳神経外科医局の中心であることは間違いない。だけど30代、40代の頃とは違う。もう自分は後進を育成する立場だ。

自分のためだけではなく、誰かのために生きる年齢だ。それが自分の子供であれば、それに越したことはないではないか。

生き方を変えてみよう。脳は絶えず新しい刺激を求める。程よい変化は脳の一番の好物だ。そしてそれは、案外簡単なことなのだ、動き出してみれば。深山の決断は早い。沢城に電話して真実との同居の話をしてみようと思った。

＊

洋一の手術の日が来た。

午前中に軽い検査と全身麻酔の前投薬を施し午後からオペだ。だが小机の報告だと、洋一は随分ナーバスになっていて、手術に怯えているという。深山は病室に向かった。

病室には貴子がいた。相変わらず悲しそうな顔をしている。

「深山先生……正直に言うよ」

洋一は、深山を見るなり、また枕元に引き寄せ、「耳を貸して」と小声で言って、耳打ちした。

「宇宙人の策略だろ？　怖いんだよ、俺……」

洋一は、隅の貴子を見ながら言う。「早くお母さん、呼んでよ」。

深山は、顔を離し、洋一の手を握った。

「大丈夫。お母さんはもうすぐ来るし、そんなに難しい手術じゃないから」

「でも……」と、不安げに隅の貴子を見る。

貴子の横にいた真凛が、貴子に囁いた。

「お母さん……すいません、ちょっと背中を向けてもらえますか」

「え？」

「顔を隠せば、洋一君は安定します。今、血圧を測る間だけでいいんです」

残酷だが、正確な数値が必要だ。真凛は看護師らしく機転を利かせた。カプグラ妄想は、脳の顔だけを認識する部位との回路の不具合から生じる。顔さえ見せなければ、妄想は出ないのだ。

貴子は後ろを向いた。最愛の子供が不安に怯えている。なのに背中を向ける。それはどれ程のつらさなんだろうか。

そんなことを深山がぼんやり思っているうちに、血圧の検査は終わった。深山は背中を向けている貴子の所に行き、ポンと肩に手を置いた。

「手術時間は4～5時間ほど。今日の夜、目が覚めれば、もう貴子さんは宇宙人じゃなくなってます。あと少しの辛抱です」

深山たちが去ると、また洋一と貴子が2人きりになった。洋一は顔を横に向けたまま、何も話さない。2階の窓から、ぼんやり遠く道行く人たちを眺めるともなしに眺めている。

貴子は壁に話しかけるように、洋一に呟いた。

「お母さん、ちょっと空いてる時間に打ち合わせしてくるから。1時間したら戻るね」

貴子は立ち上がり、サングラスとマスクをした。ブタクサのアレルギーを持っていて、今年は特にひどい。出ていく時、ちらっと振り返ったが、洋一は相変わらず窓の外を見ていた。

*

深山のスマホに沢城から連絡があった。会ってどうしても話がしたいという。あれから真実について、こっちで一緒に暮らすことも考えていると伝えたら、「ふざけるな」と、また大きな声を出した。言い争いになり、いつまで話しても平行線で、しまいには叩き切るようにスマホを切った。それから何度かＬＩＮＥでやりとりしたが、お互い譲らず全く埒があかなかった。それでしびれを切らしてここまで来るという。深山は「30分だけ」と念押しして、車で来るという沢城に合わせて駐車場で話を聞くことにした。真実にはまだ何も話していない。

医療機器メーカーの営業職の沢城は、スーツ姿で立っていた。

「どういうつもり？」深山は最初から居丈高だ。

「悪いが、お前が本気で真実を育てる気になってるとは思えない」

沢城は電話で話したことを繰り返す。

「私は、本気。今の仕事状態と真実の生活パターンを冷静に考えた。勿論、私もシフトを変える。仕事は極力減らす。それで真実のことも見られると思う」

「思う？　思うだと？　見られなかったら、どう責任をとるんだ」

「それは……」

口ごもった。責任。人の人生の責任なんて取りようがない。一瞬、そう思った。人の、じゃない。自分の子供の、なのに。

「ちょっと来い」

沢城がぐいと深山の腕を取ると、近くに置いた国産車まで引っ張っていく。トランクを開けると、段ボールがあり、その中に大学ノートや「連絡帳」と書かれた小冊子、プリントなどがぎっしり入っていた。

「直接、真実に会って見せてやろうと思って持ってきたんだ。ちょうどいい。君も見ろよ。これが薫が真実と交わしてた交換日記だ。連絡帳だ。毎日毎日、真実と交わしてたんだ、あいつは」

深山は手に取った。「連絡帳」は小学校の担任とのやりとりで、「保護者の一言」が赤字で書かれてあった。

「少し熱がありそうです。様子を見てやってください」「昨日の給食のピラフがおいしかったようで、家でもやってとうるさかったです」……たわいもない言葉が、しかしびっしり並んでいた。「交換日記」は、幼稚園時代の慣習のなごりで、中学高校に上がってもずっと続けていたという。

殆どひらがなの真実の字が、少しずつ漢字が増えていく。それにこたえる薫の、決してうまいとは言えない文字だけが変わっていなかった。

何年も。毎日。ずっと――。

「倒れたんだよ、あいつ、昨日の夜」

「え?」

「一応、救急車呼んだ。過労だろうってことで、一晩泊まって、今朝、家に帰ってきたよ。だけどな……本当にそれぐらい心配してるんだ、真実のことを」

ずんぐりした薫の姿が目に浮かんだ。沢城が話を続ける。

毎朝、家族4人分の朝食を作り、長男を幼稚園に送り、戻ってきて洗濯をし、掃除をし、洗濯物を干し、軽い昼食を一人で取って、長男を迎えに行き、長男を習い事へ送り、習い事の合間に夕飯の買い物をし、家に戻って風呂を沸かし、晩御飯を作り、真実と話し、遅くに帰った沢城の晩酌の相手をし、そのコップを洗ったあと、真実の交換日記の返信を書く。誰に認められることも、ほめられることもなく、反抗期の娘に「ダサい」とののしられ、それでもまだ心配していた。倒れるほどに。

「真実が、学校行ってないの知ってるか」

「え？」

「この3日、行ってない」

知らない。今朝も、元気に飛び出すように出て行った。

「言っておくがな、あいつの悩みは軽いもんじゃないぞ。あいつはいじめで悩んでるんだ。部活でいじめられてるんだよ。そのこと、一言も聞いてないのか」

衝撃が走ったのと、PHSがけたたましい音をたてたのは同時だった。反射的に深山はPHSを取った。

「先生！　添野洋一君が、倒れました」

洋一は、病院の敷地内のシャトルバスの乗り場付近で横向きにパジャマ姿で倒れていた。駐車場のすぐ近くなので、深山はダッシュで駆け付けた。青い顔をした小机と真凛がその横に立っている。

深山たちが出ていった後、病室の窓の外を見ていた洋一は、去っていく貴子の後ろ姿を見たのだろう。「お母さん、お母さん！」とその姿を追いかけ、気づいて止めようとした小机や真凛をあっというまに振り払って、ここまで走ってきたのだという。

顔が隠れていたから、後ろ姿や雰囲気で貴子だと思ったのだ。そして倒れた。動静脈瘻からの出血である可能性が高い。すぐ動かさないのは賢明な処置だ。救命救急のストレッチャーが運ばれてきたのと、深山が走ってきたのは同時だった。

「洋一君！　洋一君！」深山が洋一の手を握り、話しかける。洋一は微かに目を開けた。

「うちの患者です。頭部外傷後の動静脈瘻から出血してる。ＣＴ撮ったらすぐオペするんで、このまま空いてるオペ室に運んで。太田(おおた)先生に連絡して麻酔医用意させて。空いてれば山口(やまぐち)先生で。あとニカルジピンを2ミリグラム静注しといて」

駆けつけた救命部のドクターに指示を出す。連絡を受けた貴子が血相を変えて洋一のもとへ駆けつけた。

「洋一！　しっかりして、洋一！」

「お母さん……」

貴子の顔を見て、洋一は確かにはっきりそう言った。その瞳からは涙が流れている。安堵の表情をしていた。

貴子が驚いて、深山の方を見た。

「わかってるんですよ、洋一君は。前から。あなたがお母さんだって」

信じられないという顔で、貴子は深山に聞き返した。

「手を握ってもいいですか」

「勿論」

その合間にも救命のドクターたちによって洋一はストレッチャーに乗せられる。

「洋一……洋一！」

「お母さん」

「お母さん、ついてるから！　ここにいるから！……ずっといるから」

ガラガラと音を立てて、ストレッチャーで運ばれていく。遅れじと並走する貴子。

　洋一が貴子を母親だと言ったのは、恐らく目がよく見えていないためだ。増大した動静脈瘻から出血したことによって、視交叉（しこうさ）という両側の視神経が合流している部分を強く圧迫している。カプグラ妄想は、視力がやられていると出てこない。声だけなら母親に決まっている。いや、母親は、いつでも母親なのだ。

　動静脈瘻から出血したことによって、オペの難しさは格段に増した。しかし、きっとうまくいくだろう。オペは患者の気力が一番大切だ。洋一は、入院して初めての安らかな顔をしていた。


　オペは長時間になった。異常血管を見つけ出し、地道にその血管を辿って硬膜から静脈に血液が流出しているポイントを探し出す。

　かなり労を要したが、最終的に全ての血管が本来の状態に回復した。出血から手術までの時間が早かったこともあり脳の損傷も最小限ですんだ。術野の止血を十分に行い、一旦、硬膜閉創と頭蓋骨の固定を西郡に任せ、深山は、手術室を出た。

　頭蓋骨が戻ったあたりで、再び入って最終的な止血と閉創をする。洋一は年齢が若いので、回復するだろう。

　術着を脱いで白衣に着替えると、待合室にいる貴子のところに向かった。貴子にまずオペの現状を説明し、安心させる。そしてこう付け加えた。

「洋一君は、ゲーム依存症ではありません。ゲーム依存は、今、アメリカで正式な疾患としての判定基準が出ています。洋一君はその判定基準にいずれもあてはまりません。現状は、あくまで学校がつまらなくて、どっぷりはまり出してる、という感じです。依存とは違います」

「そうなんですか」貴子が意外そうな顔をする。

「ゲーム依存症というのは、そこにいたる環境も凄く大きいんです。そこを変えないと完治は難しい。洋一君は依存症ではないですが、将来なりうる要因は今の環境にあります。そこを変えてください。でないと、ほんとにそうなるかもしれませんよ」

少し強めに脅しておいた。

「どうすればいいんですか」

「それには何よりコミュニケーションです。シングルマザーでお仕事も大変でしょう。だけど、洋一君の人生も大切です。あなたの子供なんだから。だから、仕事を少し減らしてでも、コミュニケーションをとって、悩みを聞いてやって、あなたは一人じゃないっていうことを、とことんわからせてやってください。まだまだ子供ですから」

最後は熱い口調になった。誰に言っているのか深山もわからなかった。

貴子はそれを聞いてずっと泣いていた。

麻酔科の部長のもとに行き、急なオペに人を出してもらったお礼を言い、いくつかの雑務を片づけ、再びオペ室に向かう時だった。深山を訪ねてきて、誰かにここにいるとでも言われたのだろう。オペ室前の廊下のベンチに制服姿の真実が不安げな顔で座っていた。

深山を見るなり、無理やりに笑顔を見せて立ち上がった。

「お母さん……今日、学校早く終わっちゃったから、お母さんの手術、見学できないかなって思って」

学校で何があったのだろう。今日も、朝、家を出てから今まで、どこで何をしていたのだろう。

何も知らなかった。知ろうともしなかった。

10日近く一緒に住んで、上っ面の会話しかしていなかった。この子は気を遣った。私に迷惑かけまいと。それで、この小さな体に悩みをいっぱい貯めこんで、見ていない所では今のような暗い顔をして、だけど私の前では明るく前向きな娘を演じていたのだ。

それに気づきもせず、仕事の自慢話をし、レストランやコンサートに連れて行き、いい顔していたのが私だ。上っ面の、着飾った、自分勝手でわがままな、母親のふりをして悦に入っていたのが私なのだ。深山は思った。

宇宙人は、私の方だった。

「急には、無理かな」

と真実は笑った。泣いた後かもしれない。目がいつもより赤かった。

この子は何に縋(すが)っているのだろう。つらい現実を受け止めたくなくて、逃避しているのは間違いない。だけどいつかは向き合って、戦わなくてはいけない。

その時にそばにいるのは、私じゃない。薫だ。沢城だ。そのことだけははっきりしていた。

深山は踵を返し、真実に背中を向けた。

「悪いけど、帰ってくれる?」

「え?」

「私のマンションじゃないよ。お父さんお母さんのところ。置いてある荷物は、後で宅配で送るから」

「なんで……。なんでなの」

「これから忙しくなるの。家にも殆ど帰れないし」

「いいよ、いるよ、私」

「邪魔なの」

「邪魔?」

「真実が。私の仕事の」

「そんな……だって……」

構わず深山は背中で続けた。

「嫌いじゃない。愛してる。だけど……私には仕事なの」

そう言い終えて、まっすぐオペ室の前室に向かって歩き出した。いつもの看護師たちを畏怖させる、にこりともしない「氷の女」の横顔。真実が息を飲んでいるのが気配でわかった。

前室に入ったら、すぐ沢城に連絡を取ろう。そして迎えに来させよう。何を差し置いてもすぐに飛んでくるだろう。恐らく薫も一緒に。それが親だ。私にはできない。100%、子供に力は注げない。彼らのようにはなれない。もうそうなってしまっている自分がいる。

振り向くな。

絶対に。

深山はただ、それだけを考えていた。

前室のドアが遠く感じた。

*

深山は、ホテルのプールサイドにいた。

あれから手術は無事成功し、洋一は後遺症もなく、貴子と一緒に退院していった。ゲーム機を取り上げられたのが不満そうだったが、代わりに将棋を覚えるという。いい笑顔だった。

真実は、沢城の家に戻り、学校を休んでカウンセリングを受けているらしい。ひょっとすると、学校をやめることになるかもしれない。でも、しょうがない。自殺されたりするよりよほどいい。まだ16だ。体の臓器と一緒で、いくらでもやり直しがきく。

ゴーグルをつけ、プールに飛び込む。1キロを1時間で。いつものルーティンだ。月、金の1時間半。このルーティンは変えたくない。誰かのせいで生活のペースが乱されるのが、一番のストレスになってしまっている。

「誰の制約もうけないこと」。プールの良さを今出川に聞かれて、そう答えたことがある。水の中は自由だ。誰も私を侵さない。そしてもうひとつ良さがあるが、それは誰にも話していない。

手足をゆっくり伸ばしながら、水面を切るようにクロールで進んでいく。今日も、やはり真実の顔が浮かんできた。病院の廊下で、私を見ていたあの心細そうな顔だ。涙が溢れる。だけどそれはゴーグルに溜まった水と一緒にプールの水にまじっていく。1キロ泳ぎ終わるころには、大方、出尽くすだろう。水深がちょっぴり増すぐらいに。

それでいい。涙はゴーグルで隠す。それでプールから上がるころには、何事もなくそれを外す。この20年、ずっとやってきたことだ。

泳いでも泳いでも、涙は止まらなかった。今日は2キロコースになるかもしれない。

だけど、全然疲れなかった。

2章　俺はもう死んでいる

オペは佳境に入っている。

「マイクロ剝離子」

手術用顕微鏡を覗く黒岩健吾の手は、一瞬も休むことはない。しかし、その口は饒舌だ。

「ひゃ〜、びっしりだなぁ、こりゃあ。蜘蛛の膜。きっついなぁ」

頭蓋底の深部バイパスからの巨大脳動脈瘤トラッピング。脳外科の中でも最高難度の手術で、登山で言うとエベレストだろう。そこを黒岩はひょいひょいと登っていく。

「曲がりのハサミ。あともう一回、剝離子」

助手や器具を渡す看護師、麻酔医、その他、「世界一」の手術を見学しようと集まった他病院の医師たち十数人が黒岩の周りにいるが、誰も声を発するものはない。切開箇所が映し出されたモニターにただただ、見入っている。

頭蓋底という文字通り脳の底にできた動脈瘤。ここに到達するまで、頭蓋底部分の頭蓋骨を、顕微鏡下でドリルで慎重に削る。そして、脳と脳の間を開いて進んでいかねばならない。そこには、くも膜という蜘蛛の巣状の膜がびっしりと張り巡らされており、それをハサミで切りながら、膜に紛れている細い血管や、それ以外の重要な血管、神経、細胞を何ひとつ傷つけずにいく。

血管、神経、どれを傷めても障害、或いは死が待っている。地雷だらけのジャングルの中を葉っぱひとつ触れずに進んでいくような作業だ。

それが恐ろしく速い。

脳は開いてみないとわからない。腫瘍の摘出に伴い周囲の神経線維の走行が移動したり、髄液の流出によって腫瘍の位置そのものも変化したりする。手術しながらも不確定要素によってどんどん状況が変わっていくのだ。そのため、手術中に随時MRIを撮り、術前のMRIデータと合わせて脳の中の3次元のデータを作成する、文字通り車のナビのようなナビゲーションシステムというものを使って、神経、血管、瘤の位置などを確認しながらの作業になる。

ナビとて当然誤差はある。それでも普通は頼らざるをえない。平凡な医師は、そのモニターを見ながら恐る恐る進むものだが、黒岩はまるで全てがそこに初めから「ある」かのように、迷いなく進んでいく。モニターも殆ど見ない。ひとつひとつの動作が速いというより、淡々と進めていける、その躊躇のなさが驚異的なのだ。それは彼のずば抜けた空間認識能力と経験のせいだ。

そして圧倒的に出血量が少ない。手術を進める上でこれは強力なアドバンテージだ。日本刀の鋭い一太刀は、血さえ流さない。それに似ている。

あっという間に脳の底の動脈瘤にたどり着いた。

「おっしゃ。見えた。タイマー、セットして」

黒岩の声が響く。

動脈瘤とは、動脈の血管の一部が、なんらかの事情によって、焼けた餅のようにぷっくり膨らんだ状態だ。そのままだと餅に穴があくように、瘤も放っておくと破裂してそこから出血、場合によっては死に至る。処置としては、通常、膨れた餅状の瘤の根元をクリップで挟んで血流を遮断する。すると瘤は自然とつぶれる。だが瘤が巨大な場合、クリップでもつまめず、瘤の前後の血管を一時的に遮断し、そこに新たな〝道〟、つまりバイパスを作って、血の流れを迂回させて瘤をつぶす手術となる。

手足などから別の血管を取り、その血管を瘤の前後の血管に吻合(ふんごう)して〝道〟を作る。それが動脈瘤のバイパス術だ。そしてそれが〝神業〟と呼ばれる手術になる。なぜ神業か。心臓のそれと比較するとわかりやすい。

心臓外科でもバイパス手術はある。血流を遮断して、血管と血管をつないで〝道〟

を作るのは一緒だ。しかし困難さは段違いになる。

まず胸の場合は術野を大きく開くのに比べ、脳の底の手術は圧倒的に術野が狭い。針の穴から覗くような手術で、当然それだけ手の動きにも制約がかかる。次に脆い血管や神経にびっしり囲まれている中で作業しなければいけない。少しのミスで神経を傷つけるだけで致命傷だ。さらに筋肉でできている心臓に比べ、脳は圧倒的に脆く、かつ血液不足に弱くて、一旦梗塞して破壊されると元には戻らない。血流を止める間、代替にする人工心肺もない。そして心臓のそれに比べ、脳の血管は圧倒的に細いのだ。

手術時間も極端に短く、脳の血流を止められるのは、わずか20分。その間に血管が縫合できなければ、患者は死ぬ。

助手がデジタルタイマーのスイッチを入れ、「20：00」からカウントダウンしていく。黒岩の眼光が鋭くなった。

「急ぐよぉ」

黒岩は患者の頭皮から取った直径1ミリの血管を、動脈瘤付近で脳幹部のそばにある別の1ミリの血管に、0・5ミリ間隔で9針で縫い付けていく。手術用顕微鏡を覗く大きな目が一層開かれる。

「残り15分」

黒岩の手技は、米粒に文字を書く作業にも匹敵する。それも20分以内で。それも脳の裏で。患者の死と隣り合わせで。

さすがの黒岩もこのときだけは無言になる。

「残り10分！」

黒岩のギアが上がった。

正確無比な手技が、気持ち、速度を増した。そう見えた瞬間、黒岩の手が止まった。

ふぅっと大きな息をつく。

「バイパス終了」

黒岩の手が画面から外れる。工業製品のようにきれいに一定間隔で縫われた血管が、モニターに映っている。

思わず息を呑む声がモニターを見ている見学者から漏れた。

「速い」

感嘆とも動揺ともつかぬ声が、助手や麻酔医たちから上がる。

「こんなスピードでできるのか」

山場は越えた。

「オッケー！　あとは動脈瘤処置して脂肪とるから。急ぐからね。ついてきて。マイクロ鉗子」

黒岩が一転陽気な声になる。

テキパキと器械出しの看護師が差し出していく。数種類のバイポーラ、ハサミ、ドリル、剝離子……手術器具は、全て特別に作らせた黒岩専用のもの。黒岩の大きな手に合うものでないと、一分一秒を争う微細な手術はできないからだ。それはミリ単位で修正され、そのため、世界中の病院を飛びまわる黒岩が日本にいる時は、いつも専門の医療機器メーカーの営業マンがついてまわる。世界一の脳外科医に贈られるトップナイフ賞を日本人で初めて受賞した黒岩に自社の器具を使ってもらえるのは、何よりの宣伝だ。

「お〜いいねぇ、きれいな吻合だ。シワひとつない。これは思ってる以上に予後はいいよ」

順調な時の黒岩は饒舌だ。しかしそれにリアクションするスタッフはいない。黒岩の恐ろしさは誰もが知っている。手術室でのミスは絶対に許さず、要求と違うクリップを渡したことで、8時間のオペ中ずっと罵倒されて脳外をやめた看護師や、下手な開頭をした若手医師が蹴られた挙げ句、他病院へ異動になった伝説を誰もが知っている。

「よし！　あとは頭閉じといて。血圧とドレーンの管理に気をつけてね」

黒岩が手を降ろし、後処理を任せて出ていった。初めてオペ室の空気が少し緩む。

ここでは、黒岩を中心に世界が回っている。

「いや～、意外とあっさりいけたな。うん、俺の中でもベストパフォーマンスに近いな」

術後の手洗いをしながら、黒岩は隣の助手に陽気に話しかける。人間を司る脳という至高の臓器に直接、手を加えるこの高揚感、この興奮は、黒岩にとって何ものにも代えがたい。自分の予想した通りに手術が進むことは黒岩クラスでも滅多にないが、今日はことさらイメージ通りだった。年に一度あるかないかのオペだ。黒岩の脳の中ではアドレナリンが放出され、無邪気に助手の肩をパンパン叩く。

オペ室での、思慮深い老人のような冷静さ。オペ室の外での、子供のような稚気溢れる仕草。天才らしく、黒岩の中には大人と子供が同居していた。助手は、気まぐれな脳外の皇帝に愛想笑いを返すのが精一杯だ。

このあと、患者の家族に手術の様子を説明し、患者の回復を見て術後管理を指示したら、珍しくオフだ。取材も入っていない。この体のほてりを解消するのは、酒と女だ。そう思って、ますます機嫌がよくなる。

「仕事も遊びも目一杯」が黒岩のモットーだった。ウイスキーの香りと女の香水の甘い匂いで、アドレナリンを抑える。それが持論だった。

＊

「黒岩先生、さっき女の人が会いに来たよ。オペ中だって言ったらロビーで待ってるって」

オペ室から出たところで、脳外次長の深山瑤子(みやまようこ)が声を掛けてきた。東都(とうと)総合病院脳神経外科の顧問兼副部長というのが黒岩の正式な肩書で、世界中の病院から招聘されてオペをしている黒岩は、東都以外にも海外で2つ、国内で3つの病院に籍がある。中でも拠点である東都には、黒岩にしかできない特別に難しい症例の患者が全国から集まり、彼らをオペする期間、黒岩は東都総合病院にいる。年に3か月ほどだ。

「女？　ファンか？　また？」

いつもの軽口に深山はいつものように冷笑で答える。

「30分後にまた顔出すって。歳はアラフォー。仕事は多分、クラブのママ。ツケの取り立てじゃないの？　少なくとも患者じゃない。言っとくけど銀座のクラブは経費で落ちないからね。領収書回してきても処理しないから」

〝世界のクロイワ〟にこんな口を利くのは、この女だけだ。黒岩はフンと鼻をならす。

「銀座のような爺臭いところには行かねえよ。俺が行くクラブは六本木だ」

「水商売のお姉さん相手にしてそんなに楽しい？」

「ホステスだから楽しいんだよ」

黒岩の日常は多忙を極める。

学会、国際シンポジウム、ワークショップ……これらにまめに出席して技術を披露し顔を売らないと世界的に有名にはなれない。その上、黒岩の端正な顔立ちと鋭い眼光、高い上背、さらに〝脳外科のトップナイフ〟の肩書。マスコミ受けは絶大だ。必然的に連日のオペの合間に取材も入る。ただでさえ多忙な脳外科医だが、しかし黒岩のすごいところは、そこに〝遊び〟もいれるタフさである。

53歳。バツも結婚願望もない。遊ぶのは水商売だけと徹底している。素人の女など、独身で金も名誉もある世界的脳外科医にとって、いつ破裂するかわからない動脈瘤のようなものだ。恐ろしくて手は出せない。天才脳外科医は、こと女に関しては研修医より慎重で、かつ非情だった。

ロビーには、ロングヘアの40すぎの女が立っていた。思いだした。吉永玲子。6年前、六本木で一番高いと言われたクラブにいたホステスで、売れない女優をやりながら、週3日、ヘルプとして入っていた。

　女優なので同伴などできない、だったら普通にデートしよう……そんな誘いで、何度か食事に行き、何度か寝た。予想以上に上昇志向が強く、黒岩の名を借りて自身の売り込みを企んでいる節があり、早々に切った。別れたくないと言い張ったが、ただ黒岩を金づるにしか思っていないのは明白だったので、いくばくかの手切れ金を渡し、月に100万以上使っている上客として店のオーナーを通して、これ以上手を出すなと脅しを入れてもらい別れたのだ。何があっても金で解決できるのが水商売のいいところだが、黒岩にとっては数年に一度ある事故物件という扱いだった。

「久しぶり」とにこりともせずに玲子は言う。

「久しぶり。なんの用だ？　と言っても用などないはずだけど？」

「相変わらず冷たい男ね。最低なところは変わりない」

　黒岩はフンと笑う。

「手術の腕は最高だがな」そして続けた。

「まだ金が欲しいのか？　いつもスポンサー探してたな。誰かに逃げられて、当座の金を借りに来た。違うか？」

「違うわね。あなたに用はなくても、私にはあるの」

その時、アイスを手にした5～6歳くらいの男の子が、玲子に駆け寄ってきた。

「ママ、袋開けて」

玲子はしゃがんで、袋を開けてやっている。ポカンとなっている黒岩に玲子は、

「アイスもう1個」と店員に告げるようななんの感情も入らないトーンで言い放った。

「あ、これ、あんたの子。あのとき、できたの。これから面倒見てもらうわ」

きょとんとした顔で、その男の子は黒岩を見上げている。動脈瘤が破裂した音が頭の中で聞こえた気がした。

*

「あのさぁ……なんで私が子供、預からなきゃいけないの!?　ベビーシッターじゃないんだから」

翌日。小机幸子（こづくえさちこ）は、看護師の小沢真凛（おざわまりん）にこぼしていた。

「大きい声出さない。聞こえるでしょ」

真凛は、ナースステーションの隅で、ぼんやり座って絵本を見ている、保（たもつ）という男

の子に目をやる。

「似てる？　黒岩先生に」小机が首をかしげる。

「う～ん、どうだろう。男の子は母親に似るって言うからねぇ。でも、5歳のわりに随分大人しいよね。母親いなくなっても、特に泣きもせず、じっと座ってる」

「そうだね。大人しいところは、先生とは似ても似つかないよね」

「そう、先生の子なら、今頃暴れてガラスの1枚でも割ってるよ、きっと」

以前、手術中にミスをした臨床検査技士に腹を立て、術後、廊下に置かれていた花瓶をガラス窓に投げつけ破壊した。以来、東都総合病院から花瓶が消えたというのは有名な話だ。

「でもさぁ、黒岩先生なんて、滅茶苦茶忙しいじゃん。どっちにしろ子供なんて育てられるわけないよね、あの人に」

「子供は嫌いって、公言してるしね。でも、残されたあの子が可哀想……」隅の保を見て真凜が呟く。

「そうね。よし、飴ちゃんあげよう」

小机は誰かが買ってきた飴の袋の中から数個をつかみ、保のもとへ持っていく。

「ねぇねぇ、僕……保くんだっけ？　食べる？」

保が、じっと小机を見上げる。

「何味がいい？　ぶどう？　桃？　レモン？」

「……リンゴ、ありますか」

「あら？　随分、お行儀いいのねぇ！　リンゴ、あるわよぉ。はい！」と小机が保に飴を渡す。

「いい子ねぇ、もう敬語が使えるんだ。うん、賢い。頭のいいのはお父さん似かな？」

そう言った小机の頭を叩きながら、真凛が小声で注意する。

「そういうこと言わない。この子には何もわからないでしょ」

そうだった……と小机が頭をかいていると、ぼそっと保が呟いた。

「ありがとう。おばさん」

「はい⁉　おばさん⁉」

その言葉に吹き出した真凛の前を、黒岩が苛立たしげな顔で通り過ぎる。保に一瞥も与えない。

昨日のオペが終わってから、怒濤の半日だった。

「あんたの子だから」と言って、保を黒岩に押し付けた瞬間、玲子の携帯が鳴った。

玲子はそれに出るために外に出て、そしてそのままタクシーに乗って行ってしまった行った。

のだ。電話しようにも番号すら知らない。しょうがなく、警察に連絡した。が、玲子の身元はすぐには割れず、結局、住所を調べてみるというだけで面倒くさげに去って

　周りの看護師や医局員の目もあり、まさか病院に置き去りにもできず、黒岩は保を自宅に連れ帰ったが、一睡もできなかった。そして朝になり、そのまま病院に連れてきたのだ。どうしていいかわからないという様子の黒岩を見て、深山が、いや、病院中の人間がクスクス笑っていた。こんな屈辱的な経験は初めてだ。〝世界のクロイワ〟が、笑われるなんて。

黒岩は診察室に向かう。

　2年前、交通外傷、すなわち車にはねられ脳挫傷をおった中年男性がいた。たまたま別のオペを終えた黒岩が居合わせ、彼でないと難しい処置だったので急遽オペに入った。男は一命をとりとめ、リハビリを含め3か月で無事退院した。その患者がどうしても黒岩による再診を望んでいた。

よし。今は目の前の患者に集中だ。黒岩はそう自分に言いきかせた。

患者は神戸耕一という54歳の男だった。

夏だというのに長袖のシャツを着て、ぼんやりと外来の椅子に座っていた。黒岩は

診察室に入って患者の顔を見るなり、瞬時にその時の状況を鮮明に思い出した。

神戸は、商社に勤めるバツイチ独身の、サーフィンが趣味という〝遊んでる風〟のオヤジだった。その辺、黒岩と気が合い、リハビリ中に偶然通りかかり何度か話したこともある。快活で明るい、おしゃれな男だったが、今日は様子が違う。髪の毛はぼさぼさで、ズボンのベルトの端はだらしなく垂れ下がり、目やにまでついている。外見を急に構わなくなるというのはうつ病の疑いが強い。ひとまず黒岩は笑顔を作ると、鷹揚に声をかけた。

「やぁ、神戸さん。その後、どう？　まだ時々、痛んだりする？」

「先生……」

神戸は、黒岩の顔をまじまじと見つめる。随分、切実な表情をしていた。

「どうしたの？　今日は。なんかあった？」

「お願いがあってきました」

「何よ？　金なら貸せないよ」

いつもの、黒岩にしか許されない医者としては行き過ぎた軽口。だが神戸は表情も変えずに言った。

「金じゃありません。先生に、葬式を開いてもらいたいんです」

「はい？　葬式？……誰の？」

「私の、です」

にこりともせずに神戸は言う。

外でパトカーが近づく音がしている。音はだんだん近くなり、止まった。

「いや、私のって……何？　生前葬でもしようっていうの？　その若さで」

「何が生前葬ですか？　私の葬式ですよ。先生にはやってもらう義務があります」

「話が全く読めないな。なんで葬式？　それで、なんで俺？」

その時だった。診察室のドアが開き、看護師と一緒に慌てふためいた顔の制服警官が2人、入ってきた。黒岩は、てっきり誰かが、保の件で警官を呼んだのだと思った。

「黒岩先生というのは、あなたですか？」

「おいおい、ちょっと待ってくれ。いくらなんでも、診察室まで来るんじゃないよ。外で待っててくれ。すぐ行くから」

「いや、待てません」

「なんで？」

「殺人容疑で110番通報があったんです」

「え？　え？　え？　殺人容疑？」

黒岩が気色ばんだとき、神戸が無表情に手を挙げた。

「私です。私が通報しました」

「はい?」思わず間抜けな声が出た。

「えっと……神戸さん?　話が見えないな」

「だって、先生が殺したじゃないですか。私のことを」

「……え?」

「私は、もう死んでいます」


「それはね、コタールシンドロームよ」

小机からの報告を受けた深山が解説した。

「コタールシンドローム」は、世界的に見ても極めて珍しい症例だ。自分が生きている実感が全く感じられず、ゆえに「自分はもう死んでいる」「自分は幽霊である」「すでに死んでいて、体が腐り始めている」などと思い込む、脳の機能障害のひとつである。「死にたい」という自殺念慮とは違い、もう自分は死んでいてこの世にいないと考えるのだ。さすがの黒岩もおそらく初めて目の当たりにする症例だろう。それほど珍しい。

「道理で。黒岩先生も、なんだかしどろもどろになってましたもん」とおかしそうに小机が言う。

警官たちに事情を話して帰ってもらったあと、黒岩は神戸を問診した。しかし、全く嚙み合わなかった。

「待ってください、神戸さん。死んでるって……じゃあ、今、僕の目の前にいるあなたは誰なんです？」

「神戸ですよ」

「神戸さん？　死んでるのに？」

「ええ」

「でも話してるじゃないですか。ここまでも、歩いてきてる」

「そうです。でも、死んでます」

「ちょっと待って。死んだら喋れないでしょう？　今、話してるのは、どういう訳なんです？」

「わかりません。でも、死んでるんですよ」

「死んでない」「死んでいる」の押し問答を30分もやった挙句、黒岩は看護師にMRIを受けさせる指示をして、診察室を出たという。

その後、深山はエレベーターで黒岩と乗り合わせた。知っていてわざと尋ねてみる。

「珍しく死にそうな顔してる。いつもうるさいぐらい元気なのに。あの女のせい？」

「女だけじゃない。男もだ。今、診(み)た再診の患者だよ」

「聞いた。コタールシンドロームだって？　確か右前頭葉損傷だったよね、神戸さん」

「そうだ。俺がギリ生還させた。あれだけの損傷でわずか3か月で退院、今も休みながらとはいえ会社に行ってる。すごい腕だよな、俺。相変わらず」

「だったら、しっかり診てよ。ここしばらくは日本でしょ？　あなたが〝殺した〟んだから」

こいつ面白がっていやがる。

そう思ったがさすがの天才外科医もぐうの音(ね)も出なかった。

＊

それからもまた、怒濤の1週間だった。

保を家に連れ帰ったものの、仕事もあるのでとりあえず臨時でヘルパーを雇った。

そこへ番号非通知で玲子から連絡があり、今、通っている保育園を告げられると同時に、保の服を宅配便で送った、そして3か月後には迎えに行く、という。

「ふざけるな！　育児放棄だろうが。警察に連絡するぞ」

脅しもこの女には通用せず、一方的に電話を切られた。

仕事柄、児童相談所、いわゆる児相には知り合いがいる。病院には虐待を疑われる子供たちも来るからだ。黒岩が電話してみると、馴染みの相談員も、そんなひどい話は聞いたことがないと言い、警察に連絡はとってくれたが、とりあえずは黒岩が預かるしかないという判断だった。児相の多忙さもよく知っている黒岩は、それ以上、文句の言いようもなかった。

*

夜。自宅マンションの寝室。キングサイズのベッドの傍らが、小さく盛り上がっている。

ったく……。

黒岩は子供が嫌いだ。言葉が通じない。突然、暴れだす。気まぐれで、注意力も散漫。言うことを聞かない。当直をしているとき2日に一度はある、夜中に頭を打って運ばれてくる酔っ払いと一緒だ。酔っ払いなら、ハロペリドールを注射して鎮静させることもできるが、子供に打つわけにはいかない。

黒岩は、舌打ちをして、起き上がる。ふぁ〜と伸びをして、ガウンを脱ぐ。昨日は酔って、ガウンのまま寝たのだ。高額を出して雇った臨時ヘルパーは、保が寝るまでここにいることになっている。家に早く帰りたくなくて、無理やり夜遅くまでオペを入れた挙げ句、馴染みの店に行き、ワインを2本空けて帰ったのだった。

「裸で寝てるの？」

突然、後ろから声がかかり、黒岩はぎょっと飛び上がった。

「な、なんだよ、起きてたのかよ」

保は、ニコリともせず、じっと黒岩を見ている。

母親に捨てられ、1週間、見ず知らずの男の家で寝泊まりしているというのに、喜怒哀楽の表情を浮かべることもなく、淡々としている。そして時折、じっと人を見る。

嫌なガキだな。子供はもともと嫌いだが、その中でも特別だな。黒岩は心の中で毒づく。

子供の脳腫瘍や、てんかん、頭部外傷をオペすることもあり、独身の割には黒岩は多くの子供と接している。子供の脳は大人とは比較にならないぐらい可塑（かそ）性があり、損傷しても回復が凄まじい。なので脳外科医や救命医は、子供の脳損傷は、言葉は悪いが嬉々としてやる。回復が著しく見込まれる患者を処置したがるのは医者の性だ。黒岩も例外ではないが、オペのあとは大人の患者のそれと同じく深く接することはない。回復は医学的な喜びであり、自分の技術の結果がより顕著に確認できるからにすぎないからだ。それがわかってか、子供も黒岩に寄り付かない。しかし、そんな子供たちでも、こんな人を試すような目では見ない。

「うるせえ。ガウンがはだけただけだ。……っていうか、朝、起きたら挨拶は？」

保は何も言わずじっと黒岩を見つめている。

「挨拶。あ・い・さ・つ。おはようございます、は？」

保は、ベッドから出ると、何も言わずトイレに向かった。黒岩は舌打ちする。

「食えねえガキだな。トイレ、汚すなよ！　きれいに使え、きれいに」

水回りが汚いのが一番苦手だ。このマンションもホテル仕様の水回りのきれいさにひかれて借りたのだ。真っ白な壁と洗面台。週に一度入るクリーニング。その非日常的なきれいさが黒岩は好きだった。

食えないガキだが行儀だけは悪くない。そう思っていた矢先、チョロチョロ……と蛇口を出しっぱなしのような音がした。

「待て。何してる？　おい！」

トイレに駆けつけた時はもう遅かった。白で統一されたトイレと洗面台。そこ自体が巨大な便器と勘違いしたのか、寝ぼけ眼の保は、洗面台の前で豪快に小便をしていた。

ヘルパーに後を任せ、逃げるように病院に向かった。やはりここが一番落ち着く。

「鑑定結果、出ましたよ」

ロビーでは高木（たかぎ）という60くらいの年配の男が待っていた。同じ六本木のクラブで、同じホステスを指名し続けたことから知り合いになり、意気投合した。たまたま警視庁のDNA鑑定依頼も受ける大学病院で事務をやっていたので、親子鑑定を依頼したのだ。ネットで見かける鑑定依頼は、ただサンプルを海外の鑑定機関に送るだけのものも多く信用性にかけるし、東都総合病院で頭を下げて他科に依頼するのは黒岩のプライドが許さない。高木を人目のないところに連れていくと、すぐに切り出した。

「結果は？」

避妊には、いつも気をつけている。ゴムは欠かしたことがない。だから、そんなはずはありえないのだ。しかし、返答は予想外のものだった。

「先生、間違いないです。親子確率は99・9%です」

そう言って、鑑定の結果用紙を見せた。その数字を見て黒岩は立ちくらみを覚えた。

『親子確率　99・9％以上』の文字。

「それは……何かのミスってことは考えられないのか？」

「うちに限って言えば、考えづらいですね。警視庁の公的な鑑定機関でもありますし。なんだったら、別の鑑定機関に回されてもいいと思いますが、正直、無駄かとは」

自分の子……俺の子……まさか、あのガキが？

「黒岩先生？　お気を確かに。先生？」

「あぁ、申し訳ない。わかった」

「先生、人生色々ありますよ。たまにはぱぁ〜っとまた六本木行きましょう。ね？」

黒岩はそれに答えることができず、挨拶もなしにその場をフラフラと去った。


「死んだような顔をしてますね」

神戸のＭＲＩ画像を見るためにカンファレンス室に向かっていると、後ろから小机が話しかけてきた。脳外科の連中は深山を通して全員、事情を知っていた。しかし、こんな新米に哀れみの目で見られるとは。「世界のクロイワ」が。

「どうするんですか、これから。親子じゃなければ、警察に突き出すと言ってましたけど……」

「考える」

「黒岩先生の子供かぁ。そういえば、鼻とか似てますもんね」

「そんなこと、お前言ってなかったよな」

「いや、似てますよ。不愛想なところもそっくり」

「黙れ」

黒岩は、カンファレンス室に入るや、パソコンを操作して神戸のＭＲＩ画像を引っ張り出した。

「なるほど。そういうことか」

黒岩の呟きに小机が反応する。

「どういうことです？」

「見ろ。視床下部と前頭頭頂領域の一部、つまり前回、交通外傷で神戸さんが損傷した部分だ。そこで処置した傷の一部が瘢痕(はんこん)化してる」

「というと？」

そう言って小机がＭＲＩ画像をのぞき込む。

「視床下部は、意識的自覚に深く関わる部分、前頭頭頂葉は外的自覚と関わる部分。

ここの機能が低下している。つまり外からの刺激を何ひとつ、実感することができない。美味しい、暑い、風が強い、この人が好きだ、嫌いだ、愛してる、憎い……」

「はぁ。感情を感じることができないってわけですか」

「そうだ。何に対しても〝実感〟が感じられないんだ」

「味けなさすぎる」

小机が眉を寄せる。

「あまりにも何も感じられないから、そういうとき、脳は自分は死んでいると判断するんだ」

「つらいですねぇ、それは」

「でも、おそらく、つらいという感情すらも、ない」

「人間的な感情を何も感じないってことか」

「それが、コタールシンドローム、〝俺はもう死んでいる〟なんだ」

2人は、神戸の待つ診察室へ向かった。

神戸は、相変わらず、暗い顔でぼんやりしている。

「神戸さん、今日は警察呼んでませんよね」と小机が釘をさした。

「はぁ……」となんとも頼りない返事。黒岩はつい周囲を覗ってしまう。

「黒岩先生、お願いします」

　小机に促され、ようやく医師の顔に戻ってＭＲＩの診断画像をパソコンで示し、説明をした。

「そうですか」と、無表情に答える神戸。無理もない。何をどう聞こうが、何も感じないのだから。

「ですが、はっきり言いまして、原因はよくわからないんです。恐らく、この部分の問題だろうということだけで。それがこのコタールシンドロームなんです」

「治し方は、あるんですか」

　こういう風に普通の会話ができるところも、脳の不思議なところなのだ。自分が死んでいると本当に思っているのに会話する。

「海外の文献なんかでは、電気ショックで一時的によくなったりするようです。だけどそれはあくまで一過性で。徐々に回復する人もいれば、そのままの人もいる。この瘢痕化部分を手術で取り除けば、或いは治癒するかもしれませんが、この部位は非常に難しい箇所でもあります。命のリスクも出てきます。お勧めできません」

　死んでいると思っている患者に命のリスクもないもんだが。そう思いながら黒岩は続ける。

「神戸さん、まずは思い出してください。昔の自分を。あんなにも楽しそうだったじゃないですか」

「そうなんですか?」となぜか小机が聞いてくる。

黒岩がそれに応えるように神戸の話を始めた。ひどい交通外傷で運ばれ、一命をとりとめた後だ。個室病室の神戸のもとには、たくさんの友人知人が訪れた。目につくような美人も多かった。大手商社の次期役員候補。見栄えもよくバツイチの独身でイタリア製のスーツをまとう洒落者。何不自由ない生活だっただろう。

「はぁ……」と、それを聞いても神戸の反応は鈍い。

「確かにもてそうな顔、されてますよ。うん」と小机が調子よく合わせる。

「親しい方と連絡はとってます? 今、会社は休まれてるようだけど、なるべく人と接したほうがいいですよ。お友達も多かったじゃないですか」

「かもしれません」

「こうしましょう、神戸さん。とりあえず、そのうちの一人と連絡を取り、ご飯を食べる。次の診察では、その報告をしてください。いいですね?」

神戸は、頷くでもなくじっと、そう言う黒岩を見ていた。

＊

「私、感心しました」と小机が、ナースステーションで入院患者のカルテを見ていた深山に話しかける。

「何が？」

「黒岩先生、あんなきちんとした話が患者とできるんですね」

いつもの黒岩は、術前の説明も深山などにまかせ、オペ前日に「大丈夫です。必ず治します」とだけ患者に告げ、オペが終わり意識が回復した患者と握手して別れる。ほぼそれがルーティンだった。黒岩にだけ許される特権だ。それでも人は神様扱いをする。丁寧な問診など聞いたこともなかった。

「神戸さんとは歳も近いし、なにか感じるものでもあるんですかね」

「独身貴族で、自称女にもてる、ってことで共感してんのかな？」

その時だった。キャーッという看護師の悲鳴が廊下から響いた。

深山と小机、さらにそこにいた看護師たちが、何事かと廊下に飛び出す。

廊下の先で、若い看護師が、何かを見て怯えている。深山が走っていくと、吹き抜けになっているロビーの4階部分で、階下を見下ろす手すりにまたがろうとしている神戸がいた。手すりを越えれば、真っ逆さまで1階の地面に激突だ。

深山は、声を出す間もなく突進し、タックルのような形で神戸を手すりから引きずり下ろし、一緒に倒れ込んだ。間一髪だった。神戸は抵抗もせず、ただぼんやりした顔を深山に向けている。

「自分はすでに死んでいる」と思い込むコタールシンドロームの患者の中には、皮肉にも「もう死んでいるんだから、この先、何をしても死なない」という逆説的な不死鳥感、万能感を持つ者もいる。神戸がまさにそうで、エレベーターに乗るのも面倒くさくなり、飛び降りて帰ろうと思ったのだという。これもある種の自殺念慮、つまり自殺願望だ。神戸は入院して、心理療法と薬物治療を受けることになった。


急遽雇ったヘルパーが、風邪で高熱を出し、どうしても今日は休ませてくれと連絡してきた。「保が起きてから寝るまで面倒を見る」という条件で破格の厚遇で雇っているのになんてざまだ、とひとしきり怒鳴ったが、しょうがない。とりあえず、黒岩は午前中予定していたオペを午後にずらしてもらい保を保育園に送ることになった。

黒岩が、一人でパンを食べていると、保がのっそり起きてきた。

保の食べるものなど、まるで用意していなかった。泊まりに来た女は、朝食を作りたがる者が多かったし、一人の時はコーヒーとトーストと野菜ジュースのみで簡単に済ましている。食べ過ぎは午前中のオペに影響する。空腹なぐらいが頭が冴える。どっちにしろ他人の食事を用意するなどという概念すらなかった。

保は、非難するような目で、じっとパンを食べている黒岩を見ている。

「なんだ？　欲しいのか？」

何も言わない。目だけがパンを追っている。

「わかった。やるよ。そのかわり、さっさと保育園の用意しろ」

しかし、食パンの袋の中を見て、最後の1枚だったのに気づく。

黒岩は舌打ちをした。

「パンないな。しょうがない。保育園の行きに、コンビニで何か買ってやる」

保は、悲しげな、恨めしげな顔でじっと黒岩の顔を見る。

「なんだよ……そんなにパンがいいのかよ。わかったよ。じゃあこれ、食え」

と、黒岩は、食べかけのトーストの皿を保の前に置いた。

「やだ。汚い」

「なに⁉」

「新品のパンがいい」

「うるせえな。口の中にはいりゃ一緒だ。もうパンはないんだよ」

「じゃあいい」

保はそう言って、リビングのソファに座った。

なんとも後味が悪い。何かとうるさい昨今、何も食べさせていないと感づいた保育園に虐待を疑われる可能性もある。とっさに台所の棚を見るが余計なものは一切置かない主義なので、買い置きのものなど何もない。わずかに患者家族からもらったカカオ90％のチョコの箱があるだけだった。

「おい！　チョコならあるぞ。食うか？」

「え？　いいの⁉」

保は、ここに来て初めて嬉しそうな顔をした。

意外だった。何を考えているかわからない子供だと思っていたが、根はやっぱりただの子供なのか。チョコは子供にはよくなかったか？　と黒岩は一瞬思ったが、ネグレクトを疑われるよりマシだ。

「うん、まぁ。あまり食いすぎるなよ」

と、その箱をぽんと渡した。

保は、箱の中の、1個1個包みにくるまれたチョコを、キラキラとした目で見ている。

単純だな、ガキは。でも、そうだ、単純なのだ。俺もそうだった。

恐る恐るという風に、包みをほどき、チョコが出てくると、また保は黒岩の顔を
「本当にいいのか?」という風にちらっと見た。

黒岩が頷くと、保はぱくっとチョコを口にした。

「どうだ?　うまいか?」

「……まずい」

「え⁉」

カカオの含有量が高すぎたせいで苦かったのだ。保は眉間に皺をよせて泣きそうになっている。

「もういい、保育園行こう。その途中でなんか買ってやる。な?」

タクシーで保育園に向かった。私鉄の駅にして3駅。こんな近くにあの女が住んでいたことが驚きだった。何かの意図を感じる。それはともかく、途中でコンビニに立ち寄り、菓子パンを与え、とにもかくにも、保育園に着いた。

見慣れぬ顔に、他の保護者たちや保育士たちもジロジロ見る。黒岩は担任に怪しま

れない程度に適当に事情を説明した。

「あ、そうですか。それで……朝ごはんは何を食べました？　保くん」

20過ぎぐらいの若い保育士は、黒岩に一瞥も与えることなく、保の様子を見ながら聞いてきた。

「あ、えっと、さっきコンビニで、ジャムパンと、野菜ジュースを……」

「ジャムパン？　それだけですか？」

「あ、いや……あ、そうだ、その前に家で、チョコレートを少々……」

「チョコレート⁉　朝から⁉」

「あ、チョコといってもカカオ含有量90％の本物のチョコで……」

「そんなの、体に毒ですよ！　何考えてるんですか」

「あ、すいません……」

最初から虐待を疑っているのか、妙に食って掛かってくる。

「上履き、月曜日は上履き持ってくる日なんですけど」

「え？　あ……聞いてなかったな。その袋に入ってません？」

と、保が手にしていた袋を指す。保育士が中を見ると、薄汚れた上履きが出てきた。

「これ、洗いました？」

「あ、いや、聞いてなかったもんで……」

保育士はため息をつく。

「洗って持ってきてください。そういう決まりです。保くんがかわいそうでしょう?」

「あ、はい……」

「今後は気をつけてください」

「すいません……」

見ると、保が保育士の後ろで、にやっと笑っている。この野郎、と思ったが、「聞いてます?」と言われ、黒沢はうなだれて「はい」と答えた。人から怒られるのは25年ぶりぐらいだった。


病院に行くと、興信所の田島(たじま)という男が待っていた。知人のつてを辿って紹介してもらい、高額を払い、吉永玲子の素性を洗わせていた。

「何かわかったか」

田島は、薄くなった頭をポリポリかきながら関西弁で答える。

「はいな。白薔薇(ばら)保育園の保育士や保護者たちからの聞き込みで、彼女の住所はわかりましたわ。渋谷区のマンション。そやけど、当然そちらはもぬけの殻で、近所の人には数か月、海外に行く、言うてたそうです」

「海外？」

「ですな。せやけど極秘ルートで出国記録を調べたんやけど、海外へ出た形跡はありませんん。どこか知人の家にでも居候してるんちゃいますか。携帯も解約してるため、今のところ、探りようがおまへんわ」

関西弁というのは、どうしてこうも気が抜けて聞こえるのだろう。

田島はスマホのメモを見ながら続けた。

「それまでの仕事は、やっぱり銀座で雇われママをしていたようですわ。オーナーにも、海外に行く、ちゅうことで、この病院に来た日付で、退職を願い出てます」

「用意周到ってわけか……」

「ですな。まぁ男関係は、激しかったようです。多分、男のとこでしょう。これまでにも何度か、何人かの男が同棲のような形で、そのマンションに居つくことはあったみたいです」

何人かの男……。それを保は見せられてきたのか。あのひどい警戒心と無表情は、そのせいなのかもしれない。

「今のところ、わかってることは以上です。もうちょっと女の勤めてたクラブあたりから情報収集してみます」

「マンションは解約してるのか」

「いや、まだなんです。ですから、それがねらい目かもしれまへん。解約は、本人が不動産屋行かんことにはどないもなりまへんさかい。もし解約するつもりならそこを捕まえたらええし、どっちにしろ月25万のマンションです。このままほったらかしにはできへんと思いますで」


黒岩が病棟に戻ると、神戸はＨＣＵというナースステーションに隣接したガラス張りの部屋で寝ていた。自殺を警戒してのことだった。

「神戸さん、４階から飛び降りようとしたって？」

「はい……」例によって無表情に答える神戸。

「どうしたの。もう死んでるから、余計なことしなくていいじゃない」と投げやりに言う黒岩に、小机が「ちょっと先生」と小声で窘める。

黒岩にしても、さしてかける言葉はない。専門家の心理療法と薬物の力に頼るしかないのが現状なのだ。外科医の出る幕ではない。

「あのさぁ、俺、やっぱり正直言うとよくわからないんだけど、自分が死んでる感覚っていうのは、何やっても楽しくないんだよね」

と黒岩が神戸に聞く。

「ですね……」

「だよね。死んでるんだもんね。そうか、楽しいことが何もない、か……」

「先生は？」と不意に神戸が尋ねた。

「先生は、楽しいの？」

黒岩は、意外な神戸の食いつきに小机と顔を見合わせた。

「そりゃあ、楽しいよ。毎日」

「何が？」

「え？」

「何が楽しいの？」

どんよりとした顔で間髪容れず質問され、黒岩も調子が狂う。

「そりゃあ、その……手術かな。手術が得意なんだ、俺」

と、恥ずかしいようなことを思わず吐露してしまった。小机もじっと聞いている。

「手術の何が楽しいの」

黒岩は言葉に詰まる。患者の手前、単に自分の技術を披露でき、自己承認要求を満足させられるのと、目的の術式を完成させる、言い換えれば「ひとつの芸術作品」を完成させるという外科医としてのある種の喜びや達成感を味わいたいから、とはさすがに言えない。

「それは……やっぱり患者さんを助けることだよ。決まってるでしょ」

「そうかな……。じゃあ私と、こうやってるのも楽しいんですか？　一応、助けてくれようとしてるんでしょう？　でも、とてもそれが楽しそうには見えない」

図星だ。コタールシンドロームの患者など、どう救っていいかわからないし、正直オペ以外はどうでもいい。

「いや、それは、その……」

「何が楽しいの」

「そ、そうだな、ほら、あっちこっちから頼りにされるでしょ？　海外の病院からも。そこで世界中の患者さんが、俺の手術で回復していく。それを見るのが楽しいかな」

「でも、先生、ひとところにいないじゃない。あっち行ったりこっち行ったり、手術の次の日にはいなくなる。回復していくまで、診てないじゃない」

それも図星だ。黒岩は返す言葉がなくなる。なぜか真摯な目で神戸にじっと見られると、嘘がつけなくなる。

「何が楽しいんですか？」

「そりゃあ、その……お金、かな」

「お金⁉」すっとんきょうな声を上げたのは小机だ。

「お金？」神戸も聞き返す。

「だってそうだろ？　俺ぐらい稼げば、なんだってできる。いい車も、いい家も、うまい飯も、なんだって思い通りだ。神戸さんも、こないだまでそうだったじゃない」

「それは……そうだったかもしれない……」

「でしょ？　楽しかったでしょ？」

「どうかな。楽しいと思い込んでたのかも」

「思い込んでた？　そんなことないと思うよ。だったら、そうだ、女性はどうなの？前の入院のときは、いっぱい、きれいな子が見舞いにきたじゃない」

「そんなことだけよく覚えてるんですね」と言う小机を、黒岩は無視して続ける。

「女性は楽しいでしょ？」

「そうですか？　先生」

「……え？」

「楽しい？」

小机の視線を感じるが、もう後にはひけない。

「楽しいよ、そりゃ」

「どこで見つけてくるんですか」と聞いたのは小机だ。うっかりそれに答えてしまう。

「俺の場合は、水商売だ。あとくされがなくていい。今はもっぱら六本木」

「最低ですね」

「って、なんでお前が質問してんだよ！」

神戸が続けた。

「それが楽しいんですか？　そこで女の人と遊ぶことが」

そう聞かれて、即答できなかった。東京に来た時には、時間の許す限りクラブに行く。行くのは必ず一人だ。そして数人のホステスに囲まれ、たわいもない馬鹿話をし、意気投合する女がいれば、自宅に連れ帰ったりホテルに行ったりすることもある。が、大概は一度きり。それが本当に楽しいんだろうか――。

「あとくされないしって、思いっきり、あとくされてるじゃないですか。だから今、子供と同居してんでしょ」

小机が身も蓋もないことを言い、神戸との会話は終わった。

「保育園の迎えがあるんで」という理由で、午後のオペの後処理は深山に任せ、黒岩は病院を後にした。こんな理由でオペを任せる日が来るとは、夢にも思わなかった。

5時に迎えにきてくれ、と言われたが、20分も前に着いた。またあの若い保育士に嫌味を言われたらたまったもんじゃないからだ。普段の病院での威厳が全く通じない。ああいうところで働いていると、おっさんも子供も同じにみえるのかもしれない。

保育園の柵は施錠されていた。暗証番号を入れるロックがついていたが、当然、そんなものは聞いていない。しょうがなく園に電話して開けてもらおうとスマホを取り出した時、園庭で遊んでいる保が見えた。

保は、一人で砂場で遊んでいた。城を作っているようだ。近くで遊んでいた男の子2人が、そこに駆け寄ってくる。一緒に遊ぶのかと思っていると、一人が笑いながらその城を足で踏み壊し、もう一人が立ち上がった保の尻を2発蹴った。そして笑いながら、また走っていった。保は、別に抗議するでもなく、諦めたような、いつもの表情で、またしゃがんで、壊れた城を修復しはじめた。

黒岩は、鉄柵にかけていた手に自分でも驚くほど力が入っているのを感じた。

迎えに行っても、保は別に喜ぶでもなく、黙って黒岩についてくる。黒岩はタクシーで、行きつけの店の中では比較的庶民的なレストランに寄った。保に合わせた。

「なんでも好きなもの、食え」

「いいの？」

「あぁ、なんでもいい」

　保は戸惑った顔で黒岩を見ている。

「こういうとこは、あんまり来ないのか」

「うん。お母さんの誕生日とか、そういうときだけ」

「そうか。いいぞ。なんでも食え。お前、肉好きか」

「うん」

「じゃあどれがいい？　アンガスステーキか？〝今週の特選〟の飛騨牛か？　ハンバーグとエビフライなんてのもあるぞ」

「うん。じゃあこれ」

　と保が指差したのは、「お子さまハンバーグセット」だった。

「ん？　こんなんでいいのか？　肉、食え。もっと。ばぁ〜っと」

「う〜ん、これがいい」

「いや、だけどな」

「だって、ドリンクバー、ついてるし」

メニューに「おこさまドリンクバー付き」と書いてある。なんだ。それがほしかったのか。

「いや、他のやつでも、つけられるんだぞ、ドリンクバー」

「いい。これで」

しょうがなくそれと、黒岩は和牛ステーキを頼んだ。店員が去るや、保は嬉々として、ドリンクコーナーに向かった。他の客がやるのをじっと観察し、見様見真似で、カルピスソーダを入れている。それを満面の笑みを浮かべて持ってくる保。

「いっぱい入れたな」

「うん！」

そんな声も出るのか、と思った。黒岩に預けられて10日あまり、ようやく子供らしい表情を見せた。嬉しそうに、ストローでカルピスソーダを飲んでいる。

それぞれのメニューが運ばれ、食べながら黒岩は聞いた。

「お前さ、さっき、砂場で遊んでたよな」

「うん」

「あとから、男の子が2人、来たろ？　あれ、友達か？」

「う〜ん、別に」

「お前が作ってたの、壊したよな？」

「うん？　あぁ、そうだね」

「しょっちゅうやってくんのか、あんなこと」

「たまに」

「蹴ってたよな？」

「たまに」

普通の顔をして保が答える。

「たまにって、お前、やり返さないのかよ？」

「うん」

「うん、って」

「すぐいなくなるから。ほっとけば」

そんな話より、保は目の前のジュースに夢中な様子だった。またドリンクバーに取りに行く。

こうやって、この子はいろんなことを諦めながら生きてるのか。

食欲は急激に薄れ、黒岩はステーキを半分残した。

マンションに帰り、「さっさと寝ろ」の一言で、保は寝室に向かった。

気分が悪い。景気づけにリビングでウイスキーをストレートで飲んでいると寝室からガタゴトと音がした。覗くとベッドの上でパジャマ姿の保が小さい人形を数体並べて遊んでいた。黒岩に気づくと、はっとなって慌てて人形を隠そうとする。

「いいよ。続けろ。とりゃあしねえ」

保は、しばらく黒岩を見つめたあと、安心したのか、また始めた。人形同士で架空の争いをしているようだ。ウイスキーのコップを片手に、ベッドの隅に黒岩も座る。人形のひとつを見て黒岩は尋ねた。

「これ、なんだ?」

「アカイジャー」

「こっちは?」

「クロイジャー」

「こいつら、何人かで戦隊なのか?」

「そう。地球の困った人を守るの」

「へぇ……」

それは「ハカイジャーシリーズ」というテレビ番組のキャラクターらしい。

「無敵なんだよ。10人揃ったら、誰も勝てないんだ」

「いつも揃うのか？」

「ううん。なかなか揃わない。番組の最後は揃うけど」

「なんだよ」と黒岩が苦笑する。

「このうちで怖いとこ、ある？」

「怖いとこ？」

「うん。そこに誰か置いとけば、退治してくれるよ」

嬉しそうにそう言いながら、「どこか、ある？」と真面目にじっと目を見てくる保に応えざるをえなくなる。

「う～ん、そうだな……洗面台、かな」

「洗面台？　お顔洗う所？」

「そう。大体あそこで問題が起きるんだよ。昔な、泊まった女が朝、歯、磨いてるときに、別の女の化粧落としを見つけてな。〝何これ、誰の⁉〟って、大騒ぎして暴れだして。その前はな、口紅だ。別の女が置いた口紅をその時の彼女が見つけたんだ。その時なんか鏡割っちゃって、大変」

言いながら、きょとんとした顔の保に気づく。酔いにまかせて、子供に何を言ってるのか。

「あぁ、もういい。とにかくもう寝ろ。遅い。明日も保育園だろ」

そう言って、黒岩はまたリビングに戻った。

キッチンに空いたグラスを置き、歯を磨き、寝ようかと寝室に戻ると、アカイジャー1体を手にしたまま保は寝ていた。黒岩は苦笑し、その1体を手からとり、保を抱き上げた。夕方、保育園に迎えにいった時、白い目で見る保育士たちにアピールしようとこれみよがしに抱きかかえてやったが、その時よりずっと重かった。

眠ると、体が重くなるのか。

なんだか、初めて生々しい本物の生き物と接している気がした。少し怖くなった。

黒岩は、ふとんの中に保を寝かせると、不意に外出着に着替え、部屋を出た。

馴染みのホステスに電話し、タクシーを飛ばして六本木のクラブに行った。ホステス4人に囲まれ、ワインを3本空けた。いつもよりもハイピッチだった。その後、さらにもう1軒別の店にも行った。お姉ちゃんと遊ぶぞ。ガキなんかに同情してたまるか。移動するタクシーの中、心の中で呟いていた。

2軒めの店でもシャンパンを空け、したたかに酔った黒岩は、アフターに誘うホステスを振り切り、近くの、昔、医局の打ち上げで使ったバーに入った。本当はさらなるどんちゃん騒ぎをするつもりだったのだが、急に一人になりたくなったのだ。カウンターで、一人ロックグラスをなめていると隣に女が座った。

深山だった。偶然だ。

「あら？　珍しいね。一人なんだ」

黒岩は据わった目で深山を一瞥する。

「そっちこそ、こんな時間に一人か」

「仕事帰り。誰かさんがやらない分、下が山程、書類仕事しなくちゃならなくてね」

黒岩はフンと笑う。

「それはご苦労さん」

「どういたしまして」

しばらくは無言でお互い酒を飲む。深山もウイスキーのロックだった。

深山はふっと気づいたように話を振った。

「今、子供は？　保くん。家にいるの？」

「あぁ」

「あんな小さい子を置いて？　飲みに出てるってわけ？　信じられない」

「思い出させるな。せっかく忘れようと飲んでるのに」

「最低。保育園に迎えに行くって出てったのは嘘だったんだ」

「なんとでも言え。どうでもいいんだ、あんなガキ」

深山はため息をついた。

「本当に神様は皮肉よね。こんなろくでなしが、〝世界で最も模範的な脳外科医〟に選ばれるんだから」

「青臭いことを言うな。技術と心根は関係ない。手術は純然たる技術だ。努力の賜物だ」

手にしたグラスを見つめながら黒岩はうそぶく。

「そんなに子供が嫌いなの？」

「どうやって好きになれって言うんだよ？　見ず知らずのガキだぜ」

「あなたの子でしょ」

「どうだか。念の為、ネットでみた親子鑑定のサイトにDNA送っといた。間違いに違いない」

「ばからしい。政府指定の病院よりそっちのほうが確かってわけ？」

「とにかく、俺の子のはずがねえよ、あんなガキ」

「どうして？　似てるところがないとでも？」

黒岩が黙り込む。

「まぁねぇ。すごくいい子だもんね、大人しくて。あんたみたいな悪ガキじゃないよね」

「俺そっくりだよ……」

不意に声のトーンが低くなった。黒岩は、自分でも酔いが回っているのを感じた。

「あの人を探るような目つき、何をされても抵抗できないあの弱さ……まるで俺だ。45年前の自分だよ」

深山は黒岩の横顔を見て、かろうじてという様子で声を出した。

「……そうなの」

「あぁ。親爺は数学の高校教師でな。学校じゃあ先生、先生って慕われてたが、家の中じゃひどいもんだった。お袋や俺や妹を、酒飲んでは殴る蹴る……今で言うＤＶだ。家に金もろくにいれなかったし、お袋は内職してた。そのお袋は、俺が小３のとき、妹を連れて出ていった。音信不通だ。まぁそうでもしなきゃ逃げられなかったんだろうけど……俺は捨てられた」

グラスの氷が溶けてカランと音を立てた。

「親爺は、高２の夏、肝硬変で死んだ。俺は、叔父さんから金を借り奨学金も借りて医大に行った。３流医大だ。死にものぐるいで勉強したけど、知っての通りあの大学じゃたかがしれてる。俺は外に出た。ろくに英語も話せないのに、アメリカの大学で死ぬほど腕を磨いた。どこに行っても最初は犬っころのような扱いだ。でも、めげなかった。俺にはそれしかなかったから。先輩の技術を盗み、人の何十倍も努力し、それで世界最高峰の脳外科医だ。永ちゃんより成り上がったよ」

黒岩は残っていたウイスキーを飲み干した。

「たとえに矢沢永吉しか出てこない頭の悪さ。なのに術技は天才。それが俺だ」

「驚いた。そこまで自分がわかってるとは」

黒岩の圧に耐えきれなくなったのか、深山は軽口でまぜかえそうとしたが、黒岩の暗い目は変わらなかった。

「人間は、所詮、一人だ。そうだろ」

深山は、黒岩が泣いている気がして、もう顔を向けられなかった。

さすがに翌朝は、二日酔いで目が覚めた。あまり酔っていなかったはずなのに、頭だけは痛かった。ＬＩＮＥがあり、ヘルパーは、朝８時半に来るということで、しょうがなく黒岩はトーストを保のために焼いてやった。

　時折、しかめっつらをしてこめかみを押さえる黒岩に、「頭、痛いの？」と保が言う。

「あぁ。いいから食え」

　食べ終えた保は、例によって人形で遊び始めた。頭が痛いのも相まって黒岩は苛立った声を出した。

「お前さ、アカイジャーはいざというとき守ってくれないぞ」

　保が顔を向ける。

「自分の身は自分で守れ。なめられたら終わりなんだよ、男は」

　じっと黒岩を見つめる保。

「なんだよ？」

「なめられたことがあるの？」とぼそっと呟いた。

「あるよ。もちろん。なめられっぱなしだったよ」

　先を促すように、大きめな瞳をじっと見開いている。

「怖かった？」

　不意をつかれ、つい本音が出た。

「あぁ……。だからな、腕を身につけた」

「腕？」

「オペだ。オペの技術だ」

保はぽかんとした顔をしていたが、黒岩も止まらなかった。

「それで……無敵になったんだ」

「強いんだ、〝オペ〟って」

「あぁ……」

保は不思議そうな顔をして黒岩を見ていた。

呼び鈴が鳴り、ヘルパーが到着したようだった。

＊

「神戸さんは、どうする」

カンファレンス室で、部長の今出川孝雄（いまでがわたかお）が黒岩、深山、小机相手に切り出した。

「自殺念慮は？」

「近頃は、ぼんやりとベッドに座ってることが多いですね。そういう積極性すらないというか……」と小机が報告する。

「あまりいい方向には向かってないようだね」

「コタールシンドロームの患者にエビデンスがあるのは電気療法だけです。だけど一時的という論文もあるし、推せませんね」と深山が答える。

コタールシンドローム自体が極めて珍しい疾患なので、治療方法が世界的にも確立していない。さすがの東都総合病院でも初めての患者だ。皆が考えあぐねていると、黙っていた黒岩が立ち上がった。

「神戸さんと話してきます」

そして、何も言わず出て行った。今出川、深山、小机は顔を見合わせる。

「まさか……オペを勧めにいったんじゃないだろうね」今出川が渋い顔をすると、小机が小鼻をふくらませて続ける。

「いや、絶対そうですよ。切りたがってましたもん、黒岩先生」

「世界にも類を見ない、コタールシンドロームのオペ。彼の話題作りにはもってこいね」と深山も同意する。

そうは言うものの、黒岩にいつものギラギラ感がないのが皆の心にひっかかっていた。

看護師の監視付きのＨＣＵのベッドの上で、相変わらず神戸はベッドに腰掛け、ぼんやり壁を眺めていた。黒岩は、「よぉ」と軽く手を挙げ、ベッドに横並びに座った。

「どうよ？　調子は」ことさらフランクに話しかけてみる。

「うん。特に何も……。手術？」

黒岩は苦笑した。

「あんたまでが、俺の顔見りゃ手術？　か……。手術が本業なのは確かだが、かといって切らなくていいもんを切ったりはしない」

「そう……」興味なさそうに、神戸はため息をついた。

「相変わらず死にたいの？」

「いや、死にたくはないですよ。もう死んでますから」

何を当たり前のことを、という顔をする神戸。

「そうか。神戸さんさ、そういや家族はいないいんだっけ？」

「昔はいましたよ」

「あ、そう？　なに、離婚したの？」

「えぇ、まぁ」

「子供は？」

「いましたよ、一人」

「男？　女？」

「女、でしたね」

「へぇ」

「今は、もう、20歳ですよ」

結婚生活は5年で終わり、子供が3歳の時、別れたという。

「なんで？　なんで別れたの？」

「浮気ですよ、私の。治らなくてねぇ。それでついに女房の堪忍袋の緒が切れて」

「やるねぇ、神戸さんも。後悔はないの」

「ないですね。いや、なかったと言うべきか……」

「どうして？　子供もできたのに？」

神戸はため息をついた。

「やっぱりまだ遊びたかったんですかねぇ」

「そっか。わかるよ。もてそうだもんね、神戸さん。俺みたいに」

と豪快に笑ってみせたが、神戸はのってこなかった。

「でも、楽しかったんでしょ？　離婚して、また自由に遊べるようになって」

「どうでしょう。今となっては、もうわかりませんねぇ」

と、人ごとのように神戸が言う。

「そっかぁ。もう死んでるんだもんね、神戸さん」

「ええ、まぁ。楽しいですか、遊ぶのは？」

不意に聞かれ自分でも思いもかけない言葉が出た。

「う～ん、どうだろうねぇ……。飽きてきた、かな」

「ですよね。飽きますよね」

「神戸さんも？」

「ええ。40を過ぎた頃からかな……だんだん、女と遊んでても、同じことの繰り返しだなぁ、なんて思えてきて」

「うん」

「でも、今更結婚もないし、なんとなく惰性でね……終わり時がわからない。私の人生、このまま行くのかなぁなんて思ってたら、取締役の愛人が社内にいてね。知らずに手を出して、それで終わりです」

「あっちゃぁ」

「見てください。入院しても、花なんか来やしない。勿論見舞いも。前と大違いだ」

確かにそうだ。黒岩は思い出した。前回の入院時は、個室が花で溢れ、見舞客はひっきりなしで制限したほどだった。組織で権力を失うということは、わかりやすく残酷だ。

「何もないよ、もう。私には何もない。だから、死んでちょうどよかった」

そうかもしれない。遊び人の最後は、みんなそんなもんだろう。遊び人の神戸は、本当に死んだのだ。死んで何が残るか。そんなことは死んでみないとわからない。恐らく何も残らない。

一緒だ、俺も。

黒岩は自覚した。

俺も神戸と一緒だ。

死んでいた、今まで。

ずっと遊んできた。一人の女に束縛されるなんて考えただけでぞっとした。今だけ。今を生きているつもりでいた。だけどそれは、死んでいたんじゃないのか。

黒岩は、気づくと保の話をしていた。経緯から一緒に住んでいることまで、あますところなく一気に喋っていた。

「で、どうするの？」

死人に質問されて、答えに窮した。確かに何も考えていなかった。保とのことは。

「どうするも何も。俺は世界中を飛び回ってる。今回だって、あとひと月もすりゃあ、3か月間、アメリカだ。連れて行くわけにはいかない」

「じゃあ置いてくの？」

「置いてく？　それは……」

答えに窮した。考えてもいなかった。置いていくことはできない。そしたら連れて行くのか？　諸外国を回るのは3か月単位だ。それに付き合わせるのか？　ヘルパーも連れて？　それはあり得ないだろう。

その時、興信所の田島が、ひょっこり顔を出した。

「黒岩先生、ここにいはったんでっか？　ちょっとよろし？」

「あぁ、あんたか……。神戸さん、ごめん、ちょっと席外すね。すぐ戻ってくる」

言い終えて部屋を出た。

田島の報告は意外なものだった。

玲子が見つかった。埼玉の大宮で別にマンションを借りていたという。そして、居場所を突き止めた田島に、逃げもせず悪びれもせず「私も黒岩に会いたい」と言ったという。

「なんで?」

「いや、わかりまへん。おおかた、金がつきたっちゅうことやないですか。それでもうこの際、金でもせしめようって腹ちゃいますか」

なんという女だ。この上、金をせしめようと?

怒りのマグマが噴出するのと同時に思った。

そうだ。こうなったら、保を自分が育てよう。子供を一方的に押し付けて逃げた挙げ句、金をゆすりに来る母親。こんな母親に育てられるのを黙って見過ごすわけにはいかない。遅かれ早かれ、保は虐待されるだろう。いや、精神的なネグレクトはもう始まっている。

だったら、俺が救おう。5歳までの虐待は、無にすることが可能だと聞いた。そこには間に合わないとはいえ、これからありったけの愛情を注いでやれば、健やかに育つことは可能だ。いや、育ててみせる。俺が。

金はくれてやろう。そのかわり玲子の籍から保を抜いて、自分の養子にするのだ。金で正式に玲子と縁が切れると思えば安いもんじゃないか。

一気呵成にそこまで思い至った。自分でも思いもかけない結論だった。だが、神戸と話すことで、頭の中が整理され、そして決断できた。迷いはなかった。海外に行くのは必要最小限度にする。もう名声は十分に得た。そして徐々に海外の仕事を減らし、遠からずここ東都総合病院か他の病院に入ることにしよう。そんなもの引く手あまただ。

そして残りの人生を、保をすこやかに育てることに惜しみなく費やすのだ。黒岩は決意した。

俺は生きるのだ。

*

田島が連絡をとり、玲子が会いに来たのは3日後のことだった。

その日、ヘルパーが午後からは実母の病院検査の付添いでどうしても無理だということで、黒岩は保育園のあと保を病院に連れて来ていた。午後から玲子が来るというので保はナースステーションに預けることにしたのだ。

「先生、ここ、託児所じゃないんですけど……」

「頼む。すぐ終わる。本当にこれで最後。な？」

強引に真凛に保を預けて、黒岩はロビーに向かった。

「私、バイタルチェックあるんだけど……」と真凛は横にいた小机に言う。

「私も、外来の補助にいかないと……」

「どうしよう」

2人に見られた保が「僕、テレビ見てます」と指差したのは、角にある待合室だった。車椅子の老人が一人、ぼんやりしていて、誰も見ていないテレビがついていた。言うやいなや、保はとことこそこへ歩いていった。

「いい子だねぇ、ほんとに」

「あの子をちょっと見習うべきね、黒岩先生も」と感心する真凛に、小机もうなずく。

「まずい！　こんな時間だ」と真凛がナースステーションを電子カルテのワゴンを押して飛び出していった。小机も外来患者を大幅に待たせているのに気づき、慌てて飛び出した。


ナースステーションは、一瞬、空になった。となりのHCUで、神戸がベッドから上半身を起こし、のっそり起き上がった。輸液の点滴を自分で抜くと、ノロノロと歩いて部屋を出ていく。見ているものは誰もいなかった。

廊下に出る。まっすぐいけば、非常階段に出られる。もう一度、試しに飛び降りようと思っていた。死んでいる自分がどうなるのか、試すつもりだった。幸いにも、今度は誰も咎める人間がいなそうだ。

ゆっくり歩いていく。行き違う入院患者や見舞客も誰も気にしない。死人だから当然だ。

ここで、ひとつの想念がわき上がった。

そうだ。だれかと一緒に飛び降りよう。そいつも死ぬのか、はたまた生きるのか。少なくとも、それで生と死がはっきり確認できそうだ。今の自分にも。

神戸は獲物を探す気分だった。その時、控え目な笑い声が響いてきた。待合室のテレビからだった。覗くと、一人の少年が、テレビのアニメを見ている。古いアニメ。「トムとジェリー」だろうか。

神戸は待合室に入り、少年の横に座った。少年はテレビに夢中だ。ちょうどいい。これぐらいの大きさの子供なら、抱えて飛び降りることもできるだろう。ついてるな、今日は。ここは4階。窓は開いている。

神戸は、じっと保の横顔を眺めた。

黒岩が足早にロビー横のカフェに向かうと、玲子は足を組みながらタバコを吸っていた。悪びれるところもない。が、黒岩はもう腹も立たなかった。金さえ払えば、こいつの顔をもう見ることもない。

飲み物も買わず、席に着くなり黒岩は切り出した。

「いくらだ？　言ってくれ」

玲子は一瞬、虚をつかれたような顔をしたが、それはすぐ皮肉な笑いに変わった。

「金だろう。ある程度までは飲む。単刀直入に金額を言え」

「金じゃないわ」

「？　ならなんだ？」

「保を返して欲しいの」

玲子の申し出は、意外なものだった。新しい男ができた。その男は甲斐性があり、子供を引き取ってもいいと言っている。ついては保を引き取りたい、と。

「ちょっと待て。話が読めん。お前、自分の言ってることが、理解できてんのか？」

一方的に預けておいて、新しい男ができたから引き取りたい……そんなムシのいい話が通用すると思っているのか？　頭がおかしいのか？

「理解できてるわ。ごく当たり前のことだと思うけど」

黒岩の最も嫌いな小馬鹿にしたような笑みを浮かべた。

怒鳴りそうになったが、ぐっと抑えた。

「俺の子供だ。お前みたいなやつに、はい、そうですかと渡すわけにはいかん」

「あなたの子供？」

笑みはさらに大きくなった。

「何言ってるの？　あなたとは縁もゆかりもない子よ」

玲子はペラペラと話し始めた。

保は、別の男との子供で、その男はギャンブル好きのどうしようもない男だったので、すぐ別れた。おろすつもりだったが、時期的に無理で保を生んだ。雇われママの仕事もきつく、どこかにいい男はいないかと探している時に今の男と出会った。そこで黒岩のことを思い出し、子供を預けた。捨てるつもりだった。ところが男と付き合いが深くなり子供のことを打ち明けると、思いもかけず一緒に暮らしてもいいということだったので、引き取りにきた、と。

「いや、だけど、ＤＮＡ鑑定は……」

愕然として言葉が出てこない黒岩に、玲子は追い打ちをかけた。鑑定は嘘だという。鑑定を依頼した大学病院の高木は玲子の〝仕込み〟だった。

黒岩と高木は六本木のクラブで客同士として知り合ったのだが、そこのママと玲子は以前、同じ店の同僚で、サクラとして高木を送り込んだ。黒岩と気が合いそうな話題を教え、接点を作って鑑定を持ち掛けるように仕組んだのだと言う。勿論、大学病院勤務という肩書も、見せた身分証明書も詐称したものだった。実に用意周到に子供を押し付けようとしたが、思わぬ僥倖でまた引き取りに来たという事だった。

「というわけで、今日すぐは無理だけど、1週間後、保、引き取りにいくから、よろしくね。長い間、ありがと」

そう言って玲子はむしろ悠然と去って行った。黒岩は怒る気力もなく、倒れそうになる身体を持ちこたえさせるのが精いっぱいだった。

のろのろと廊下を歩いていた。全てが灰色に見える。神戸の言う、死んだ気持ちというのはこういうことだろうか。

そのとき、小机が、小走りで黒岩の所に来た。

「先生、大変です！　これ、見てください」

黒岩の腕を引っ張っていく。連れて行った先は、待合室。

そこには、ぼんやりテレビを見ている保と、神戸がいた。

「ほら、先生……」

テレビでは、「トムとジェリー」をやっていた。それを見て、神戸がくすくす笑っている。

「ばっかみたいだ」

神戸のそれは冷笑に近かったが、しかし、確かに笑っていた。

コタールシンドロームの患者は、外界からの刺激に対して一切、何も感じなくなる。テレビを見て笑うということは、コタールシンドロームからの回復、ないしは緩和を大きく示していた。理屈では一切動じることのなかった神戸が、アニメの猫とネズミの動きを見て、笑っているのだ。

「くっだらねぇ……」

そう呟きながらも、楽しそうだった。

そうなのだ。世の中の殆どのことは、くだらないことで満ちている。今回のあまりにひどすぎる策略とその顚末のように。

〝死んだ頭〟で、黒岩はそんなことをただぼんやり考えていた。

＊

1週間後、全ての結果が出た。玲子の言う通りだった。問い詰めた結果、高木は銀行からリストラされ、クラブのママに掛け金で借金があり、しょうがなく指示に従ったと白状した。

保とのDNA鑑定も、恥も外聞もなく東都総合病院で頼んだ。もうどうでもよかった。結果はやっぱりシロだった。親子であるという「一致率は限りなくゼロ%である」という無情の文字が並んでいた。

「いやぁ、あの女はすさまじいですな。先生より一枚も二枚も上手ですわ。よぉここまで勝手なことができるなぁと思います。用意周到、あそこまでやられたら、誰でもいかれてしまいますわ。私もいろんな人間見てきましたが、あそこまでえげつないのはなかなかおまへんで」

その後、再び報告に現れた田島が、ちなみに、と付け加えた。玲子の相手の男は、キャバクラを何軒か経営する、やはり水商売の32歳のバツイチの男だという。

「悪い女にひっかかりましたなぁ、先生。でもよろしかったですやん。金の要求はないわけですから。でも、こうやってみると、なんやったんや、この2か月は、ちゅう話になりまっけど」

田島の関西弁の、気の抜けた感じと同じように、本当に気の抜けた話だった。黒岩以外の人間にとっては。

神戸の退院も決まった。待合室で「トムとジェリー」を見て以来、徐々に神戸は外界とのつながりを感じるようになっていた。本人曰く、まだ深い湖の底にいるように、外界との距離を感じることもあるが、確実に湖の上の音は聞こえているということだった。

「この感覚は、徐々に慣れていくしかないですね。でも、薄紙をはがすように、本当に、日々、いろんなことを身近に感じるようにはなっているんです」

「それが寛解（かんかい）ということです。退院したら、ますますよくなられると思います」

「でも……」

神戸は、不安そうな顔をした。

「退院したからって、いいことあるんですかね、私に……」

会社でのポジションをなくした独り身の神戸にとって、世間はきっと冷たいだろう。死んだ方がまし、と思うこともあるかもしれない。だけど、それは神戸の話だ。俺には関係ない。

「わかりませんよ、それは。でも、いいこともある、そう思わないと生きていけんでしょう、人は」

答えにもならない禅問答のような言葉を残し、黒岩は神戸の前から去った。

*

外来診察の予定を深山に代わってもらい、黒岩は家へ帰った。

マンションでは、ヘルパーが保の荷造りを終えており、黒岩が戻るとヘルパーは出て行った。間もなく玲子が迎えに来る。

保は、相変わらず無表情だった。3日前、「お母さんが迎えに来る、ここを離れることになる」と告げたときも、だ。

「あ、そう」と言ったきり、何も言わず、何も聞かなかった。それを見ても黒岩は失望しなかった。多分、何度もこんなことを繰り返してきたんだろう。黒岩は、何人目の〝父親〟だったのか——。

「あと、30分で迎えにくる」

「うん」

ふと黒岩が見ると、〝保育園セット〟の水筒と弁当箱、お箸と一緒に、ハンドタオルとセットを入れるハカイジャーの絵柄入りの袋がキッチンの洗い上げのかごにそのまま置かれていた。ヘルパーが慌てて忘れたのだろう。

「おいおい、これなかったら保育園行けないだろ」

黒岩は、それらを手に取るとソファにちょこんと座っている保の横に置き、ひざまずいた。1個ずつ袋に詰めようとしたが、袋の口がなぜかぎゅっと閉じられていて、その紐をほどくのが先だった。

「なんだこれ。なんでこんなにきつく締めてんだよ」

保と目があった。じっとこちらを見ている。黒岩は話し出した。

「あのさ……あの、一緒に行った、ハンバーグ食った店、覚えてるか」

「うん」

「あの店はな、俺が常連の……常連って言ってもわかんないか、俺がいつも行く店だ。俺の顔がきく。俺の、黒岩の……」

子供。

言葉に詰まった。それはＤＮＡではっきりと判明した。子供ではない。全くの、赤の他人だ。

「し、知り合いだって言えば、ただでなんでも食えるぞ」

「ほんと⁉︎」

一瞬だけ、保が無邪気な目になった。

「ほんとさ。〝つけ〟って言うんだ。黒岩につけといてくれって言ったら、大丈夫だ。いくら行ってもいいぞ。毎日行け」

「うん！」

「そこだけじゃないぞ。六本木にある〝丸美〟っていうステーキ屋、そこも俺の店だ。東都の黒岩の知り合いだって言えば、いやぁ、ようこそお越しくださいました、ってなもんだ。銀座の有楽ホテル3階のバーもだ。あ、バーは行かねえか。いや、銀座なら、〝山田亭〟っていうレストランもあるぞ。俺の子供だって言えば、なんだって食わしてくれるさ、たらふく。銀座だけじゃない。目黒だって代官山だって、俺の行きつけの店は全部顔パスだ」

言葉が溢れて、もう止まらなかった。

「行く！」

「おぉ、行け。行けよ。小学生になっても、中学生になっても、高校、大学……いくつになっても。行け。行けよ、必ず。毎週でも、毎日でも……」

声がかすれて、出なくなった。保が心配そうに見上げる。

「大丈夫？」

「あぁ……。大丈夫だ……」

「〝オペ〟がついてるから、大丈夫なんだよね？」

目頭が熱くなるのがわかった。かろうじて「あぁ」と答えた。

黒岩は何かを振り払うかのように、保の両肩をつかんだ。

「いいか？　なめられるなよ。男はなめられちゃだめだ。やり返せ。いいな？　俺がついてる。どこに行っても。誰とやりあっても。な？」

何を言っているのか、もう自分でもわからなかった。なんの感情が湧いているのかもわからなかった。保の肩をつかむ手に力が入り、「痛い……」と保が言うのと、迎えの呼び鈴が鳴るのが同時だった。

＊

「黒岩先生、どう？」

悪意のある好奇心満々の様子で、西郡（にしごおり）は深山に話しかけてきた。深山はこの日、黒岩と一緒に海綿静脈洞腫瘍のオペに入ったばかりだった。

この、普段は他人に無関心な西郡までもが黒岩のことを聞いてくるとは。それも小机というお喋り女のお陰だ。黒岩の〝事件〟の顚末はみんなが密かに共有するところとなり、保が引き取られたのは周知のことだった。黒岩とフランクに話せるのは医局内でも深山ぐらいのもので、だからみんな深山に情報を取りに来る。

「別に。普通。全くの、普通」

「ええ？　噂では、相当かわいがってたんでしょ？　それが普通って、随分、ひどい話だな」

「うん。そう思う。でも、それぐらいで応えるタマじゃないよ、あの人は。子供がいなくなった途端、家にも帰らず、ホテルに泊まって遊び歩いてるらしいわ」

「へぇ、すごいね」

深山も、本当に黒岩のタフさには舌を巻く。一人で大病院の脳外科医局1年分を超える症例数のオペを、それも世界で繰り広げながら、日本に帰ると夜な夜な遊びに出るのだ。それは殆ど病気だと深山は思っていた。言葉遊びではなく、本当の病気、疾患。アルコールと着飾った夜の女でしか埋められない何かの疾患を抱えている。


その夜、深山は、小机に顕微鏡を使って血管バイパスのトレーニングをさせ、あまりの出来の悪さに何度も罵ったせいでぐったり疲れ、業務もそこそこに病院を後にした。こういう時は1杯やらないと眠れない。家に直行はしたくなくて、いつものバーに行った。

黒岩がカウンターで飲んでいた。隣には、濃い化粧の、一目でホステスとわかる女がいた。このバーまで同伴で使ってるのか。深山は、軽く目で挨拶をかわすと、カウンターの一番端に座った。さっさと1杯飲んで帰ろうと、モヒートを頼んだ。

黒岩は、女の腰に手を回し、顔を近づけて話していた。端に深山がいるのはわかっているくせに、いや敢えて見せようとでもしているのか、ことさらイチャイチャしているように見えた。女が化粧室に行ったと同時に、深山は立ち上がり、会計を告げた。チェックの間に黒岩のところへ行く。

「さっきはお疲れ。元気だね、相変わらず。明日7時からオペでしょ？」

「なに3時間寝られれば十分だよ。いや、今日は寝かせてくれないかな」

と、トイレから出てきた女を見て、黒岩が目じりを下げた。

「さすが。それでこそ黒岩先生。やっぱり子供を連れてるより似合ってる。うん」

「だろ？」

深山の言葉は本心だった。それぐらいいつもの黒岩だった。以前、ここで見た姿は幻だったのではないかと思わすぐらいに。深山は会計を済ませ、外への扉を開けるときに、もう一度振り返って黒岩を見た。

やはり、いつもの黒岩だった。いつもより元気な黒岩だった。

黒岩は、連日不思議なぐらい高揚していた。クラブでは、シャンパンを3本空けた。ブランデーのボトルも入れ、鮨の出前もとった。ウン十万かかったが、なんでもなかった。同伴指名した女と、店が引けた後もう1軒サパーパブへ行き、そこでもどんちゃん騒ぎして、家に行きたいと女にせがまれ、自宅マンションへ一緒に帰った。保が出て行って以来、1週間ぶりの我が家だった。

そこからは黒岩は、うろ覚えだった。ここに連れてきたホステスが百人いれば百人同じ反応をするように、まず内装の豪華さに驚き、それから部屋のきれいさに驚いた。「業者にまかせてるから」と説明するぐらいで、大抵がベッドになだれ込む。

しかし、この時はいささか酔いすぎたのか、そのまま一人で寝てしまった。

黒岩が、喉が渇いて目を覚ましたのは、明け方の5時前だった。まだ日は暗く、横を見ると女が裸で寝ていた。いつもの光景だった。黒岩はのっそり起き上がると、着ていたシャツを脱ぎ、キッチンで水を1杯飲むと洗面台に向かった。

小便を終え、手を洗いながら、鏡に映った顔を見た。急にふけた気がした。歳の割にいけている顔だと自負していたが、この2か月、今日のように遊んでいなかったせいか。それとも、これが歳相応の顔で、遊んでいることでそれなりに見えていただけなのか。

恐らく後者だろう。どれだけ派手に、元気にしているつもりでも、自分はもう53なのだ。人生の終盤に向かっていることは確実であり、そこに一人で向かっていくことも確実だった。だがその道を選んだのは自分だ。一片の後悔もない。

歯を磨いた。歯磨きはマメにしないと気が済まない。口をゆすぎ、タオルで拭こうとして、タオルがかかっていないのに気づいた。ヘルパーが忘れたのだろう。しゃがんで、洗面台の下に入れてあるタオルをとろうと収納を開けた。

きれいに畳んで積まれたタオルの上に、ハカイジャーの小さな人形が、5体、並べられていた。

他の引き出しも開けて見た。

正面鏡の両脇は鏡の裏が小さな収納になっていて、そこにも2体置かれていた。そして寝巻を入れる引き出しの中にも。合計9体で、保が持っていたのは確か10体だと思っていたら、最後の1体が乾燥機の中にポツンと置かれていた。

乾燥機からその1体を取り出した。

黒岩はじっとそれを眺めていた。ここが危険地帯だと思った保の仕業だろう。小さな人形は、短い手を伸ばして、黒岩を守ろうとしていた。

その人形にぽつりと水滴が落ちるのと、声が漏れるのは同時だった。

3章　才能

また同じ夢を見た。

住宅街の裏手にある、山の中腹。神社の境内から続く、小学生にとっては背の高い草が生い茂る獣道を15分も歩くと、突如、市内を一望できる見晴らしのいい高台に出る。誰もしらない俺だけの秘密スポット。そこに来たのは、だけど景色を眺めるためじゃない。

泣くためだ。つらいことがあると、いつもここまで来て、泣く。

泣きながら、歩いてきた獣道を振り返る。

その草深い道の端から、ひょっこり誰かが顔を出すんじゃないか。俺を助けるために、誰かがこっそり追いかけてきてくれたんじゃないか。

だけど、誰も出てはこない。生い茂った草が、ただ、ざわざわと揺れている——。

＊

「聴神経腫瘍の新井(あらい)伸二(しんじ)さんですが、腎機能の低下があります。もう少し、様子を見ることになりそうです」

　医局の主要なメンバーが集まったところで、西郡琢磨が手術予定の患者の報告をしていた。東都総合病院脳神経外科では、患者全員の容態を、全ドクターで共有することになっている。

「戦略は?」と深山瑤子が問う。

「持病のIgA腎症病の数値がもう少し落ち着いたら、ですね。内科の仙崎先生とそのへんは打ち合わせします。ゴーが出たら行きたいと」

「待てよ。オペするってこと?」と黒岩健吾が口を挟む。

「ですね」

　黒岩は大丈夫かという風に、深山を見る。

「オペって、西郡先生が?」

「勿論です」

　34歳の、若き脳外科医は自信満々に胸を張る。

　聴神経腫瘍と言われる大きな脳腫瘍が小脳及び脳幹を圧迫していた。ほうっておけば呼吸抑制が生じかねず命が危ぶまれる。しかも、その聴神経腫瘍は、内耳道といって聴神経及び顔面神経の通路にも深く入り込んでいた。手術で顔面神経を損傷してしまうリスクは高い。

　しかも患者は35歳の若さでなおかつ人と接する仕事を持つ。顔面神経麻痺は何としても避けなければならない。そういった意味でも手術は困難を極める。放射線治療で腫瘍を小さくするか、思い切って開頭手術するか、決断を迫られていた。

「う〜ん、厳しいんじゃないのかな」

　西郡に気を遣って控えめに部長の今出川孝雄が言った。

「黒岩先生ならどう？」

「俺ならやりません。顔面神経麻痺のリスクが高すぎる。まずはサイバーナイフ（放射線治療のひとつ）で様子を見ます」

「深山先生は？」

「自信ないですね、これは」

　今出川は、改めて西郡を見る。しかし、西郡は動じない。端正な顔立ち。にもかかわらずまるで無雑作に伸ばした髪。傲慢な印象をさらに強くする高い鼻梁が一層上を向いた。

「リスクは勿論高い。だから慎重には慎重を期してます。サイバーで、出るかわからない効果を待つのか、思い切ってメスを入れるのか……。35歳、将来を嘱望されてる若者です。猶予もない。ここは積極的治療を選択すべきじゃないでしょうか」

「わかりました。まぁ要検討ということで」

今出川が適当に話を打ち切った。

「え～次なんですが、今日の夜、医局でささやかではありますが、小机（こづくえ）さんの歓迎会をやりたいと思います。小一時間ね。みなさん万障繰り合わせてご参加願いま～す」

＊

医局の片隅、ソファセットで、簡単な飲み物とつまみが出され、紙コップの乾杯で始まった歓迎会だったが、あっという間にそれぞれ持ち場の仕事に戻り、残ったのは暇になった放射線科のスタッフたちと深山と小机幸子（さちこ）、そして看護師の小沢真凛（おざわまりん）ぐらいになった。

「新井さん、オペやるってほんとですか」

アテを食べながら深山の隣に座った小机が聞いてくる。口がスルメ臭い。深山は眉間にしわを寄せ、紙コップのビールを飲んだ。

「どうかな。ま、様子を見てってことだよ。それよりあんた、またこっぴどく西郡に怒鳴られたんだって？」

「いや、もう怖い、あの先生。まじ勘弁……」

西郡の手術の手伝いに入り、手術動画を記録する係だった。どこの病院でも今は脳外科手術の動画は必ず記録する。ところが小机は記録するハードディスクの容量が少なくなっている事を確認しておらず、半分しか録画できなかった。激怒した西郡はオペが終わった後、手術室のごみ箱を蹴り飛ばしたという。

「女相手にそんなことする？　普通。しかも何かあるとすぐ舌打ちするし」

酒が入ったせいか、深山に対してもタメ口になっている。

「な〜んであんないつもピリピリしてんすかね？」

「〝してるんですかね〟」深山の声が怒気をはらむ。

「してるんですかね？」

「対抗してるんじゃないですか、黒岩先生や深山先生に」

真凜が紙コップを手に会話に入ってくる。

「対抗？　だって黒岩先生も深山先生も50半ばだよ？　西郡先生は34じゃん。世代が違うじゃん」

「50になったばかり、ちなみに。50半ばじゃない」

と、さらなる怒気をはらむ深山。

「あ、すいやせん。張り合うっておかしいでしょ」

「でも、あの手術にかける意気込みは、鬼気迫るもんがありますよね」

と言う真凛に、確かに、と深山も頷く。

西郡は、研修医のときからその熱意は凄まじいものがあった。脳外科はとにかくハードワークだが、西郡は当直をこなしながら、できる限り先輩のオペに入りたがった。今出川が心配するほどの睡眠時間で、いつ倒れるか賭けをする先輩医師もいたぐらいだ。だが周囲の心配をよそに東都総合病院に入ってもそのままハードワークを続け、31歳の最年少で脳外科の認定医をとったあたりから、いつの間にか周囲の評価は〝若き天才〟に変わっていった。

ことに彼は外科手術と、血管内治療と呼ばれるカテーテルの両方に精通していた。普通はどちらかで、両方こなすということは、当然、倍の勉強、修練が必要となる。大リーガーの大谷よろしく、彼は前代未聞の挑戦を続けて成功させていた。

「な〜にをそんなに生き急いでるんですかねぇ」

「ちょっと言葉が違うような気もしますけど、私も危ないなと思います」と同調したのは真凛だ。若いがベテラン然とした脳外科ナースの真凛は、何人もドクターを見てきている。

全国からトップクラスの脳外科医たちがやってくるが、肩に力が入っている脳外科医ほどある日突然ぽきっと折れる。うつ病やパニック障害になった医者もいる。脳外科は、扱う患者がただでさえ重篤な場合が多く、オペは0・1ミリのミスが患者を再起不能、或いは死に至らしめる。そのプレッシャーに潰されるものも多い。

「深山先生も、同じ意見？」そう小机が深山に聞いた。

だが、深山の見方は少し違った。

患者と距離を置きすぎている。そう感じていた。

その点は黒岩と似ているが、黒岩のそれが強さと確信に裏打ちされた「非情さ」なのに比べ、西郡のそれはもっと頑なで、その分、脆弱である。現代の外科医は絶えず訴訟リスクにさらされているが、その手の身を守る非情さでもない。もっと本質的な、自分自身を守るための距離の置き方だ。非情さは褒められたものではない。しかし西郡のそれはもっと危うい気がした。

西郡は、早々に〝歓迎会〟から逃れ、病棟の患者を診て回っていた。本来なら仕事が終われば家に帰るところだが、今日は当直なのでそうもいかなかったのだ。

西郡は群れるのが大嫌いだった。群れを作るのは弱いもののすることだ。脳外は一匹狼。誰にも頼らない。脳外は初診、検査、診断、治療、手術、術後管理、外来経過観察など、すべての過程に携わる。全てが一人で完結する。それがよくて志望した。医者同士の〝飲みニケーション〟など心底どうでもいい。

回診の間も、西郡は黒いボールペンを手にしていた。後ろ手に持ちながら、3本の指でクルクル回している。バイポーラという巨大ピンセット状の電気メスの練習のためで、これを使いこなせないと脳外科医にはなれない。勿論とうの昔にマスターしていたが、研修医時代この使い方をミスして当時の先輩であった深山から手ひどく怒られた。以来いかなる時でもボールペンを手放さずクルクル後ろ手で回している。

29歳の時、深山の動脈瘤(りゅう)手術の助手に入り、バイポーラの使い方は自分の方がうまいと確信した。それでも練習する癖は抜けなくなっていた。

今では技術的な問題を指導する人間は誰もいなくなった。今日、提案した新井の巨大聴神経手術。これに成功したら、自分の評価は多分、深山や黒岩より上になるだろう。外科医にとってはオペの技術が強さだ。トップナイフになる日は近い。

俺は強い。誰よりも——。

「え?　あんた知らないの?」

医局では西郡の噂話が、まだ続いていた。

真凛いわく、西郡の母親は心臓外科医、父親も消化器系の臨床医の第一人者で、度々テレビでも取り上げられたという。歳の離れた兄も医者らしい。

「そうかぁ。だからあんな傲慢なんだ。血筋ですね」

酔った小机が毒づく。

「いや、だってさ、こんな可愛い子相手によ？　あんな怒るか？　フツー。〝今度は気をつけてねぇ〟で終わりでしょ？」

「そうかな」と、相手にしない真凛。

「とにかく、なんとかこっちに取り込まないと。あんな怖い先輩、やだわ」

そこへ西郡が、書類を置きに医局へ戻ってきた。

まだやってるのかという顔で、西郡は一瞥を与えると舌打ちした。

そんな彼に酔って気が大きくなった小机が声をかけた。

「あぁ、西郡パイセン！　こっちこっち！」

西郡は無視を決め込もうとしたが、小机は西郡のところまで来て肘を摑んで強引に引っ張った。西郡はさらに激しく舌打ちした。

「サマリー書きがある。それに俺は当直だから飲めない。さっき言ったろ」

「いいからいいから。大丈夫ですって。水割り、むっちゃくちゃ薄いの作りますから。1杯だけ。ね？」

無理やり深山の横に座らされる。小机は机の上に置かれているバーボンの瓶をつかみ、コップで水割りを作り始めた。

「さっきの新井さんのオペだけど」

深山が蒸し返したが、何を言っても西郡は「大丈夫です。できます」としか答えない。

このところいつも西郡は喧嘩腰だ、と深山は思った。天狗になるというやつか。34でここまで称賛を浴びれば確かに天狗にもなるだろうが。

「黙って見ててください。悪いようにはなりません」

深山の目を西郡が見返したところで小机が声をかけた。

「水割り、うんと薄くしときましたからぁ」と紙コップを手渡した。挑戦的に深山を見据えたまま受け取り、西郡は一気に飲んだ。

ごほっとむせる。

「ちょっとあんた、これ、何いれたの⁉」と真凛。

「え？　水割り……薄めに」

「薄めにって、これ水じゃないよ？　焼酎だよ？」

バーボンの焼酎割りを一気飲み。西郡は急激な勢いでアルコールが脳に入ってくるのを感じた。同時に目の前が暗くなった。

＊

ブドウ糖の点滴をうけているところで、西郡は目を覚ました。

「あ、大丈夫ですか？」

点滴量を見ていた真凛が声をかける。

「あぶないとこでした。急性アルコール中毒の一歩手前でしたよ。すぐ深山先生が嘔吐させて、初療室に運びました」

救命救急の患者が運ばれる初療室に、あろうことか寝かされていた。夜中の3時を回っていた。

「あいつ！　小机は⁉」

「あ、帰りました、さっき。もう大丈夫だよね、って」

ふざけやがって！　と、上半身を起こした途端、頭に激痛が走った。

「無理しないほうがいいですよ。今日の救急はベテランの岩下(いわした)先生だし、まだ寝てて

ください って、さっき言ってましたから」

冗談じゃない。なんで俺が人の手を借りなきゃいかんのだ。西郡は起き上がって自分で点滴を引き抜いた。まだ頭がクラクラする。

「当直室に戻ってる。何かあったら連絡くれ」

まったく、あの新米、どうしてくれよう。

怒りで体が震えたが、部屋に入った途端、オンコールの電話が鳴った。救命部からで、ビル3階からの転落だという。恐らく頭部打撲もあるだろうし、コンサル、つまり脳外科医が診て、脳は大丈夫かチェックしなければならない。西郡は初療室に急いだ。

「根岸麻里絵(ねぎしまりえ)さん、39歳、雑居ビルの3階から転落です。原因は不明。意識レベルE1V1M2、血圧120の65、SPO2.95。植え込みがクッションになったようで、擦過傷と肋骨の骨折はありますが、足も折れてません」

救命医の説明を受けながら麻里絵の頭を診る。酒臭い。一見すると大丈夫そうだが、とりあえずCT室に行かせた。救急隊員の報告だと恐らく酔っ払っての自殺未遂だろうと言う。バーで飲んでいて「私、死ぬ」と言って店を出て、そのまま近くのビル屋上から飛び降りたようだ。

上がってきたCT写真には、脳挫傷も脳出血も見られなかった。左前頭葉に小さな影があるのが気になったが、これは詳しい検査をしてみないとわからない。それ以外は特に異常はなく、いずれにせよ緊急ではない。頭部表面の切り傷だけ3針縫い、あとは救命医に引き継ぎをし、西郡は当直室に戻った。

1時間後、患者の意識が戻ったという連絡があった。CTでの影のこともあり、気になった西郡は病棟に向かった。まだ頭が痛い。小机のことを思い出し、また怒りが湧いてきた。

ベッドで横たわる麻里絵に軽く挨拶をして、一度MRIでしっかり検査したほうがいいと話すと、麻里絵は「はぁ……」と、なんともぼんやりした返事ののち不意に笑い出した。

「ははは。私、生きてるんだ。無傷なんだ。サイテー」

声がなんとなく小机に似ていた。西郡は、ついイラッとして声を上げた。

「救命には自殺未遂もよく運ばれてくるけど、大概死ぬ気なんてないよね。そもそも3階とか微妙な高さだし」

麻里絵の顔色がさっと変わった。

「本当に死ぬ気なら、もう少し別の方法考えたら?」

医者としては言いすぎだと思ったが、しょうがなかった。酔いもあった。バツが悪くサイドテーブルの灯りを勝手に消すと個室を出た。

さすがに気になり、2時間後、様子を見に戻ると、真っ暗で月灯りだけが窓から入る部屋で、麻里絵はじっと天井を見ていたが、人の気配に気づいたのか、ちらっと西郡の方を見た。大丈夫か……。踵を返そうとした時、ぽつりと彼女が呟いた。

「誰か……来てくれるかなと思ったんだよね、今みたいに」

麻里絵は天井を見上げたまま、誰にともなく話し始めた。地方の四大を卒業後、上京して不動産会社に就職したが、激務がたたりうつ病になり退社。以後は派遣社員としていくつもの会社を転々としていた。近々、正社員にしてくれるという話が突如反故になり、馴染みのバーで常連たちと飲んでいて不意にヤケを起こしたという。

「3階の屋上にあがってさ、手すりをまたいで、こう後ろ手に持って。その時、後ろから誰か来てくれるんじゃないかと思ったんだよね」

やめろよ。ばかなことするな。自分を大切にしろ。

誰かがそう言ってくれるんじゃないかと思ったという。

麻里絵は微かに笑った。

「でも、誰も来てくれなかった。ま、当たり前なんだけど」

「誰も来ないよ……」

気が付くと声が出ていた。だけどその声はさっきとはうってかわって静かだった。

「来るわけないだろ、誰も」

麻里絵が西郡を見る。

「人は、一人だ。誰も来ない。それを知って、強くなるんだ」

部屋は暗く、西郡は誰に話しているのかわからなくなった。

西郡がまた踵を返して出ていこうとして振り向くと、麻里絵はただぼんやりと暗闇を見つめていた。

*

朝の外来までの間、2時間ほど西郡は仮眠を取った。

また夢を見た。

11歳の西郡が、家の裏山に一人、登っていく。

泣くためだ。誰にも見られずに。学校で悲しいことがあると、西郡は一人裏山に登り、泣いた。泣いて振り返っても、そこには誰もいなかった。ただ草木が風で揺れていた。

そこで目が覚めた。二日酔いの頭痛のせいでこんな夢を見るのだと舌打ちをした。

翌日、というより数時間後の朝、出勤してきた小机を見つけて、西郡は昨日の失態を怒鳴り倒した。小机は二枚貝のように頭と胴体がひっつくぐらいに二つ折りになって謝罪した。

比較的簡単なオペを終え、西郡が病棟に戻ってきたのは、11時を回っていた。個室病棟では、一通りの診察を終え、麻里絵が退院するところだった。酔った勢いで衝動的に自殺を図っただけと判断され、精神科のドクターも退院して問題ないだろうということになったのだ。事実、麻里絵はにこやかに真凛と談笑していた。

「あ、西郡先生」

西郡も拍子抜けした。昨日の暗い面影はなかった。あれも酔った勢いか。

「酒が抜けたら明るくなったか」

「先生もね」と麻里絵はいたずらっぽく笑った。

「何？」西郡が真凛を睨むと、慌てて否定した。

「私じゃないんです。さっき小机先生が点滴替えに来て、そのときに……」

あることないこと、西郡に関することを全て喋ったという。

「またあいつ……」

「あ、私、精算のこと聞いてきますので、ちょっとお待ち下さい」

　と真凛は慌てて出ていった。

「おっかしぃ〜。お酒、弱いんだ」

　くくっと屈託なく笑う。案外、明るい性格らしい。明るくて、一見、強気な性格だからこそ、一旦折れると弱いのか。笑うと意外なほど愛嬌があった。

「気をつけるんだな、酒には」

　バツが悪く、西郡はそう言うのが精いっぱいだった。

「お互いに、ね」

　麻里絵は笑った。少し上から目線だ。患者からこんな風に親し気に話しかけられるのも初めてだった。どうも小机が絡むと調子がおかしくなる。

　真凛が戻ってきて、精算の手続きの話を始めた。後日、外来で頭の傷の回復を見るのと念の為ＭＲＩを撮る手続きをした。

「あぁ、でも、皆さんにすごい迷惑かけちゃった……。すいません」

　と不意に麻里絵は謝り出し、救命の医師のところにまで行って、ペコペコしながら退院していった。

麻里絵が再び外来に現れたのは1週間後の西郡担当の日だった。

「あ～ほんと、こないだは馬鹿だったわぁ。どうかしてた」

西郡は険しい顔をして、傷の処置のあとを診ている。

「ま、でも酒の失敗は誰にでもあるって言うから」

と麻里絵が意味ありげに近くの真凛を見て言うと、真凛がくすっと笑った。

「っていうか、考えてみたら、こないだ、酔っ払って私の頭、縫ったってことだよね？」

患者にタメ口を利かれるのは初めての経験だ。普段はいつも不機嫌そうに寄せている眉間の皺が、患者を恐れさせているからだろう。

「醒めてた。しかもアクシデントで飲んだんだ。第一、問題ない。この程度の処置、たとえ酔っててても」

「天才だから？」いたずらっぽく麻里絵は笑った。女の患者が媚を売ってくる不快さはそこにはなかった。それにしても、一体何を話したのか小机は。調子が狂うが、それには乗らず淡々と話す。

「ま、問題ない。あとはＭＲＩ受けてきて。予約入れてるよね」

「あのさ、今度、女性誌で若いドクターの特集記事やるらしいんだけどさ、それ出てくれない？」

「女性誌？」

「そうなの。今月あと2人確保しないとまずいらしくて。お願い。数少ない友達の依頼なの」

麻里絵は雑誌のライターをしていたこともあって、その時の縁だという。実はこのようなオファーは西郡のもとには直接間接いくらでもあった。黒岩が取材好きで、黒岩の取材に来たテレビクルーや雑誌記者によく目をつけられるのだ。「若き天才」という肩書と今風の容姿のせいだろう。全く興味のない西郡はふだんは歯牙にもかけなかったが、麻里絵の依頼は気づくと受けていた。指定場所が病院の近くということもあったが、心の鎧(よろい)を解くふんわりとした春の風のようなものが彼女にはあった。

「ありがとう～。助かる～。先生なら編集の彼女も喜ぶわぁ」

その後、少し仕事の愚痴になった。今はその出版社で手伝いをしているが未曾有の出版不況でいつクビを切られてもおかしくないのだという。西郡は次の診察日をパソコンに入力しながら、なんとはなしに聞いた。

「なんかないの？　趣味とか」

「趣味ねぇ……音楽ぐらいかな」

「へぇ」

「昔はね、これでも歌手とかなりたかったんだけどね。シンガーソングライター的な？」

「なりたかっただけ？」

「そりゃあそうでしょ。コンテストみたいなのに応募したこともあるけど……」

「そうか」

「これぱっかはねぇ、才能の世界だから」

たしかにそうだろうと思った。仕事以外の趣味はないが、音楽ぐらいはたまに聞く。そんな西郡でも想像はつく。絶対音感という言葉もあるし、どうやっても努力よりも圧倒的な才能がものを言う世界なのだろう。電子カルテには、「妊娠経験あり出産経験なし」とあった。39歳。それなりの苦労をして、もう夢を見る歳でもない。パソコンに診察結果を入力し終わると、麻里絵は帰っていった。

その後、10人ほどの外来患者を診て、最後が件(くだん)の聴神経腫瘍の新井伸二だった。母親の和子(かずこ)と一緒に診断結果と説明を聞きにきた。母一人子一人。和子は、眉間に皺を寄せて西郡の説明を聞いていた。大半の人間がそうなように、この歳になるまで脳腫瘍の説明など受けたこともないだろう。ただただ「はぁ」としか言えなくなる。伸二は、むしろ落ち着いている。

　ここからが医者の腕の見せどころのひとつで、手術の同意書をとるもとれないも主治医の話の持って行き方ひとつだった。

「この腫瘍は、自覚症状が出る頃には5～6センチの大きさになってることが多い。なかなか気づきにくいんです」

「はぁ……」

「非常に難しい手術にはなります」

「その……やらないわけにはいかないんでしょうか」

　和子がおずおずと尋ねる。

「放射線治療という方法もあります。ただし、伸二さんの場合、だいぶ腫瘍が大きくなっていまして、どこまで効果があるか保証できません」

　これは事実だ。嘘はついてはいけない。

「そうなんですか」

「効果が出る前に、最悪のケースになるということも考えられます」

「最悪って?」と和子。

「呼吸が止まって命を落とす、ということです」

和子が思わず息を呑んだ。何度も説明していたはずだが、改めて面と向かって言われるとやはりショックなのだろう。

「選択肢は2つ、というわけですね」

ウェディング事業を手掛ける会社に勤めているという伸二は冷静に尋ねる。彼は、花嫁や花婿を誘導する仕事で、現場でインカムをつけることが多く、それが聞こえにくくなったのが聴神経腫瘍に気づくきっかけだった。

「ええ。でも手術の方が成功率は高いと見ています。リスクのある手術であることは間違いありませんが」

伸二はじっとパソコンに映った自分のＭＲＩの画像を見ていた。

「わかりました。手術でお願いします」

「では日程を組みまして、日にちが決まったらお知らせします」

西郡が資料を片づけ始めると和子が口を開いた。

「あの……これ、誰がやってくださるんですか。黒岩先生？」

「いえ、私がやります。丸一日がかりの手術になると思います」

「そうですか」

和子はさらに何か言いたそうだったが、西郡は早々に切り上げた。

＊

「ムコにしたい独身男ベスト100」という身も蓋もないタイトルが付けられた女性月刊誌のインタビューは、麻里絵がよく行くという病院近くのカフェで行われた。麻里絵の手際は素晴らしく、カメラマンに必要な写真を撮らせ、編集者がインタビューを終えるのに30分とかからなかった。病院に戻るという西郡を強引に引き止め、「1杯だけ」と麻里恵はお茶に誘った。店内にはいくつもモニターが置かれており、洋楽バンドのミュージックビデオが流れていた。

「あ、そういえばさ、曲、作ったんだよね」

「曲？」

西郡は前回の会話をすっかり忘れていた。伸二のオペの準備もあり、それどころではなかったのだ。

「あぁ、なんか言ってたね、前」

「ひっどい。これでも一生懸命作ったんだよ。でもさ、そしたら自分でもびっくりするぐらいいい曲が作れちゃって」

「へぇ」

「パソコンで入力したんだけどさ。あまり出来がいいから、思わずディスクに録音しちゃった」

　と丸いＣＤを机に置いた。麻里絵の名前が書いてある。麻里絵はそのパッケージを愛（いと）しい物のようになでていた。

「やってみるもんだね。こんなにできると思わなかった」

「時間を置いたのがよかったんじゃないの。オペでもある。暫くして、あぁ、あそこのミスはアレが原因か、ってわかることが」

「かもしれない。でも、とにかくすごく楽しかった。それだけでも収穫。聞いてくれる？」

「わかった。じゃあ明日13時、外来で」

　西郡はそのＣＤを手にとった。普段、頑なに固辞する患者からの贈り物。受け取るのは初めてだったが自分でもそれに気づいていなかった。

＊

「すごい……これ、素人の曲⁉」

昼食時。自宅にプレーヤーのない西郡は、オペの時に誰かが使う、医局にあったうっすらと埃の被ったCDプレーヤーに麻里絵のディスクをかけた。すると、その曲の音色に小机が「誰の曲ですか」と反応を示し、患者のだと答えると人だかりができた。

「嘘でしょ?」「信じられない……」と若い看護師たちがザワつく。素人の西郡が聞いても、確かに素晴らしい旋律だった。今っぽいアップテンポなサウンドでありながら、グルーヴ感もある、とにかくプロ顔負けなのだ。無愛想な西郡が歌などかけているということで密かに西郡ファンの若い看護師たちが余計に騒いでいた。

「これ、普通じゃないですよ、絶対」

中でもバンドの追っかけをやっていたこともあるという音楽マニアの真凛が興奮していた。

「すごすぎ……」

「プロになれるレベル?」と西郡が聞く。

「なっても全然おかしくないですよね。っていうか、むしろなったほうがいい」

「そうか」

しかし昼食代わりのおにぎりを頬張りながら、患者のカルテをPCで見ていた西郡の顔が曇っていく。

麻里絵のＭＲＩ画像には左前頭葉によくない影が写っていた。

診察室に入ってくるなり、麻里絵は切り出した。

「どうだった？　あの曲」

「聞いた。よかった」

「でしょう？　びっくりするでしょ？」

助手についていた小机が口を挟む。

「これ、レコード会社とかに送った方がいいですよ。素人にもわかる凄さって、相当なレベルだと思いますよ」

するとＰＨＳが鳴り、小机が「すいません」と言いながら出ていった。

２人になると不意に麻里絵は黙り込んだ。

訝しげな顔をする西郡に、苦笑しながら目を伏せる。

「いや、でもまぁ、レコード会社はいいかな……」

「なんで？　これからもどんどん曲作るんだろ」

「まぁ」

「プロになれるなら、なりたいんだろ」

「うん」

「だったら遠慮するな。ガンガン攻めていかないと」

「そうだけど……やっぱり、ほら、いざとなると怖いじゃん。もし、ダメっていわれたらって」

それは麻里絵が見せる初めての気弱な顔だった。

「弱いな」

西郡の声が真剣になった。

「弱い。そんな弱くてどうする」

麻里絵が目を上げた。

「外科医だってそうだ。未知の症例を手がけないと腕は上がらない。毎日が挑戦だ。挑戦は怖い。できればしたくない。でも、しなけりゃ自分を超えられない」

どうしたのか？　と自分でも思うほど、スラスラと言葉が出てきて、熱を帯びた。

「誰だって最初から強くない。ひるむな。挑戦したら、きっと道は開ける」

西郡は自分の中にこんな熱いものがあることに内心驚いた。しかもそれを赤の他人に話したことに。

「わかった。やってみる。うん」

麻里絵は、こわばった表情を崩し、少し笑った。

「飲み友達に、元レコード会社のＯＢの人がいるのね。その人に聞いてもらおうかな」

「やるべきだ。ガンガン」

そう言った後に西郡は、さらに検査が必要とだけ告げた。

「いや、たいしたことないかもしれない。まだよくわからない。血管造影といって、もう少し詳しく見る検査がある。それをやってみよう」

と西郡はあえて明るく言い、検査日程を決めるため、看護師を呼んだ。それ以上、説明はしなかった。

「これは……腫瘍内出血ですね」

造影ＭＲＩを送ってきた放射線技師が、西郡と一緒にパソコン上に映された麻里絵の頭部の画像を見て言った。左前頭葉の島（とう）という部位あたりに、３センチ大の腫瘍の影がくっきり写っていた。しかも最近、腫瘍の内部で出血を起こしている。

「前回の検査画像がこれです。この時はまだ出血していなかったので画像ではわかりにくい状況でした」

この1か月の間に出血があった事で、画像所見がはっきりした。

「出血しているだけに、オペ適応でしょうね」

思わず西郡もうなった。「島」という厳しい場所の腫瘍だ。覚醒下手術が必要でそれなりに大掛かりなオペになるだろうし、場合によっては後遺症も考慮にいれなければならない。

「曲ができた」とはしゃいでいる麻里絵の笑顔が脳裏に浮かんだ。

*

「聞いてよ！　その人もさ、ものすごくいいって！　絶対、プロになれるって。すぐにでも、現場の人に紹介するって」

診察の日。麻里絵は服装までどんどん華やかになっていた。行きつけの居酒屋の常連で元大手レコード会社のＯＢに思い切って5曲入ったＣＤディスクを渡してみた。するとすぐ翌朝、電話がかかってきたという。

「本当にこれ、まーちゃん……あ、私、その店じゃまーちゃんって呼ばれてるんだけど、まーちゃん、作ったの⁉　って、もう、ものすごい勢いで。私、驚いちゃって。〝天才だ、これ、2日で作ったとしたら、井上陽水以来の天才だ〟って。井上陽水っていうのが古いよね」

軽口を叩きながらも心底、嬉しそうだ。

「さっそく今日にでも現役のディレクターたちに聞かせてみるって。これはすごいって。あ、これ、また曲」

とケースに入った白いCDディスクを西郡に渡した。

「すっごくいい曲。5曲入ってる。ぐんぐん頭に浮かんでくるの、曲が」

「そうか」

「ぱぁ～っと浮かんできて、夜中に起きて、譜面をパソコンに打ち込むってわけ。私ってば天才」

西郡は、はしゃぐ麻里絵に、ことさら冷静に話そうと心がける。

「わかった、聞くよ。あのさ、ちょっとこないだの造影ＭＲＩの結果なんだけど……あまりよくない影が写ってたんだ」

「え?」

西郡は、脳腫瘍の説明をした。殆どの患者がそうであるように、麻里絵も実感がわかないようだった。

「腫瘍ってこと?」

「場所的に言って、あまりいい場所とは言えない」

　そして手術をした方がいいことと、その際のリスクを話した。

「手術以外の方法は？」

「放射線という手もなくはないが……」

「じゃあそれにする」

「いや、だけど」

　麻里絵はきっぱり断言した。

「放射線。頭なんか切られるの嫌。っていうか、今、入院とかあり得ない感じなの。前、先生が言ったでしょ。ガンガン行かなきゃダメだって。レコード会社の人に聞いてもらえるんだよ？　とりあえず今、病気なんて考えてる暇ないの」

「放射線で様子を見るというのもありかなと思ってます」

　カンファレンス室のモニターには麻里絵のＭＲＩ画像が浮かんでいた。西郡は放射線を選択する理由を縷々（るる）話したが、深山には理解できなかった。放射線科から「根岸麻里絵さんのオペの予定をまだいれなくていいのか」と聞かれ、慌てて画像を見たのだ。西郡からの報告もなかった。

「まだ39歳。この腫瘍の出来かたから言って、ぐんぐん大きくなる可能性がある。新井伸二さんと一緒。それなのに？」

「僕の診断では」

「どうして？」

まさか小机たちが陰で面白がって噂しているように麻里絵に惚れてしまったとは思っていなかった。彼の異常なほどのストイックさは肌で感じている。

「どうしてオペしないの？　彼女に何があるの」

「ＱＯＬですよ」

「ＱＯＬ？」

「根岸さんは、作曲することでようやく前向きに人生を捉え始めてる。その矢先に、いきなり手術で全てを台無しにするようなことはするべきじゃないと思う」

西郡の口からＱＯＬ＝クオリティオブライフという言葉が出てきたのも初めてなら、患者の〝人生〟などという単語も初めて聞いた。

腫瘍の大きさからみて納得できない部分もあったが、主治医は西郡だ。その判断を一方的に覆すわけにもいかない。

「わかった。だけど次のＭＲＩ結果は必ず知らせるように。腫瘍が少しでも大きくなってるようなら、即刻オペだから」

その後、カンファレンス室から出てきた深山に真凛が声をかけた。相談したいことがあるという。別の部屋に入ると声を潜めて話し始めた。

「外来の根岸麻里絵さんの件で……」

真凛の手には、なぜかiPadが握られていた。

＊

もうひとつの大きな手術、新井伸二の聴神経腫瘍切除も近づいていた。オペのプランをオペに立ち会う麻酔医、看護師、助手の医師たちを前に西郡が説明する。オペに立ち会う深山だけでなく今出川、黒岩も同席した。

「万全を期し、ポジションをとる前に腰椎ドレーンを入れます。……以上です。何かご質問はありますか。ないようでしたら、これで」

メモを取っていた看護師たちが立ち上がった。

一番うしろで聞いていた深山は、隣の黒岩を見た。

「どう思う?」

「う〜ん、特に意見はない。ないけど……」

「ないけど？」

「なんか匂うんだよな。それしか言いようがない」

黒岩は喉をひとつ鳴らした。

「直感だ、これは」

脳外科医の腕を決めるものは、努力と空間認識力、手の器用さ、経験、術例の多さ……と多岐に渡る。しかし、いちばん大切なのはセンスだ。どこに何があるか。どこをどれだけ攻めれば危険か。ナビゲーションシステムがいくら発達しても、到底人間の脳にはかなわない。そして、言語化できないもの、すなわちカンといわれるもの、そっちの方が言語化できるものより遥かに脳の広い部分を使っているということを脳外科医たちは知っている。

難しい顔をしている深山に、慌ててついてきた小机がのん気に聞いた。

「心配なんですかぁ？　深山先生」

「うるさい。黙れ」

「大丈夫ですよぉ。私も入りますし、大船に乗った気持ちで。ね？」

深山が本気で殴ろうと思ったとき、あることが頭に浮かんだ。麻里絵のことでも、引っかかりがあったのだ。

「そうだ」

手招きして小机を近くに呼んだ。

「頼みがある」

険しい顔で小声で囁くと、さっと小机の顔色が変わった。

「まさか……」

「?……本当言うと、ドクターの仕事じゃないんだけど」

「無理です、正直」

「え?」

「できませんよ、いくらなんでも!　まだ入ったばっかですよ?　西郡先生の代わり!?　いや~無理無理」

と掌を顔の前でパタパタさせた。

「ごめんなさい!　受け取っときます!　お気持ちだけ。ありがとう」

頭を下げたその後頭部をぺしりと叩いた。

「誰が西郡の代わりの執刀をさせんの。千年早い」

「え?　違う?　あれ?」

「住所、＊＊だったよね」

「へ？　あ、はい、そうですけど。４丁目32番の４。郵便番号は」

「それはいい。いつでもいいから立ち寄ってほしいところがある」

「？　どこですか？」

「私が行けたら行くんだけど……。カフェなんだけど」

深山は小机にひとつ、〝仕事〟を依頼した。それは真凜から言われた件の確認でもあった。

＊

ＲＹレコード会社の応接室。そこに緊張した面持ちで麻里絵は一人座っていた。テーブルの上には、譜面があった。『夢のカケラを探して』という曲名がつけられていた。ドキドキしながらその譜面を手に取り改めて眺める。大丈夫。きっといい。あれから周りの何人の人間に聞かせただろう。すごい。驚き。なにこのメロディー。賞賛の声しか返ってこない。素人だから素直なのだ。そして素人を驚かせることができるのは、ずば抜けて自分の作る曲がすごいのだ。

自分に言いきかせているとノックされてドアが開いた。曲を最初に聞かせた、ここのＯＢの元ディレクターと、そして現ディレクターであろう40代の長髪の男が入ってきた。

「あなたが、根岸さん？　まぁお座りください」

と立ち上がった麻里絵を座らせ、2人も並んで向かい側に座った。

「結論から言います」

胸の鼓動が高鳴った。

「とにかくこの曲は素晴らしい。まさに〝今〟を体現している。我々は、具体的な話に移っていきたいと思ってます」

夢への扉が開く音が聞こえた。

＊

医局で西郡は自分の机に座っていた。険しい顔でPCに送られてきたMRI画像を見ていた。机の上のポータブルプレーヤーから麻里絵の曲が流れている。

「根岸麻里絵さんの画像はこれ？」

深山がやって来た。

「画像見せて」

西郡は無言で深山の方に画面を向けた。

腫瘍は明らかに大きくなっていた。予想通りだ。

「……で？」

西郡は立ち上がった。

「もう少し様子を見ます」

「どこに行くの」

「病棟です」

「待ちなさい」

出ていく西郡の後を追った。西郡は歩みを止めない。

「あの大きさは、もう切らないとまずい。わかってるよね」

「いや、一概にそうとは言えない。見方の違いです」

「じゃあなんで新井さんのオペは予定通り？　矛盾してる」

「してません」

「このままだといつどうなるかわからない。そんなこと許されない」

廊下を歩いていた西郡は立ち止まり、深山の方に向き直った。

「あの人は、今、闘ってるんです」

「闘ってる？　何と？」

「自分の才能とです」

「どういうこと？」

答えず、西郡は再び歩き出した。

「誰も止められないってことです。あの人の人生をかけた勝負なんだ」

その時だった。看護師が別方向から走ってきた。

「誰か救急にコンサルお願いします」

「どうした？」

「救急搬送です。失神して頭部打撲。意識は戻って、ここの脳外にかかってる、と」

予感がして、最後まで聞き終わる前に西郡は飛び出していた。


初療室の救命救急のベッドには麻里絵が横たわっていた。頭部から血を流していて救命医が処置をしていた。運んできた救急隊員が状況を説明した。

「地下鉄のホームで不意に倒れたということで駅員から１１９番です。根岸麻里絵さん、39歳です」

救命医があとを継ぐ。

「ＧＣＳ　Ｅ３Ｖ５Ｍ６、他に神経学的異常なさそうです。最初は意識があって、うちの脳外にかかってると告げたそうで……」

「俺の患者だ」

「あ、そうですか。傾眠傾向にあるので、急性硬膜下血腫の疑いがあるかと思うのですが」

西郡は出血のある患部を少し見た。

「いや、恐らく大丈夫だ。左前頭葉の脳腫瘍なんで、症候性てんかんだと思う。脳挫傷とかはないと」

「そうですか」

「俺がCT室に連れて行く。後は引き継ぐ」

ストレッチャーに移し替えCT室へ向かった。駆けつけた深山、小机もストレッチャーを押す。

「これでもやらないつもり？」

ストレッチャーを押しながら深山が言う。西郡は口を真一文字に結び答えない。

「脳外次長として、見過ごすわけにはいかない」

「本人に確認します。きっとウンとは言わないと思う」

「同意書書くかどうか、それは主治医の説明の仕方ひとつだって、言ってなかった？」

西郡は答えない。

「やらないならしょうがない。主治医を変える。私がやる」

「だめだ」

「なんの権利があるの」

西郡が声を荒らげた。

「命より大事なものがあるんだ！」

それは怒鳴り声というよりも叫び声に近かった。


やはり麻里絵は脳腫瘍による症候性てんかんで、一晩入院して鎮静させ、翌日、再検査することになった。とりあえず命に別状はない。明日は西郡は朝から新井伸二のオペだ。深山は当直をやるという西郡を無理やり帰宅させた。こんなことで明日の長時間のオペに支障をきたすわけにはいかない。しょうがなく代わりに老体に鞭打って深山が当直をすることになった。主治医を代わる件は西郡がどうしても納得しなかった。本当にそのまま麻里絵に張り付いていそうな勢いだったので、とりあえず、その件は明日以降に持ち越しを約束して西郡を帰らせた。

*

その夜、僅かな時間眠りについた西郡は、またあの夢を見た。

裏山だ。西郡が当時住んでいた、下町の裏手に小さな山があった。そこへ一人登っていく。まだ11歳だ。泣くために、この山へ登っている。

幼稚園の頃からひ弱だった。それでも、それなりに友達もいて楽しく過ごしていた。潮目が変わったのは、小4で引っ越してからだ。

救急に特化した病院に母親が招聘(しょうへい)され、そのため一家で越したのだが下町だけあって荒っぽかった。勉強の出来より運動や喧嘩の強さがそのまま力関係になる場所で、西郡の立場は圧倒的に弱かった。おまけに両親ともに医者であり、トタン屋根の家に住んでいる級友も珍しくない中で、借り上げのひときわ豪華な一軒家はことさら目を引き、妬まれるのには十分だった。

集団でまずは西郡の天然パーマの頭を揶揄(やゆ)しだした。

当時の西郡は、今では信じられないぐらい気が弱かった。反発らしい反発もしない、ナヨナヨした男など恰好の餌食だ。〝いじり〟はやがてエスカレートしていき、学校で飼っていた鳥のケージに入れられ、外から水をかけられたこともあった。

「お前ら、いい加減にしとけよ」

当時33歳の担任教師は、ほとんど放置だった。一度、西郡の母親が、保護者会の折にその担任の方針を面と向かって非難したことがあった。それ以来、担任は西郡には冷たい目を向けるようになった。小学校では、中学などと違い全教科、担任が見る。その担任に嫌われるのは地獄を意味していた。

そんな中、唯一、変わらずに友達でいた男の子がいた。松野くんといった。西郡と同じく昆虫好きで、今で言うオタクだった。

そして西郡よりも気が優しく弱かった。

いじめっこたちはそれに目を付けた。

ある日、西郡を人気のない校庭の隅に呼び出した。そこには先に松野くんがいた。そして2人で喧嘩しろと脅した。

松野くんは、ヘラヘラ笑っていたが、西郡はしょうがなく、その松野くんの頬をビンタした。生まれて初めての感触が手に残った。それでも松野くんは笑っていた。目には涙が溜まっていた。西郡はもう一発殴った。やらないと自分がやられる。松野くんは反撃しなかった。いじめっこたちは、「なんだ、つまんね」と飽きたおもちゃを捨てるように、さっさとどこかへ去って行った。

松野くんと2人きりになり、西郡が謝ろうとした時、松野くんは「いいよ、いいよ」といつもの調子で言って、少し笑った。でも目は合わさなかった。そして踵を返した。それ以来、話すことはなくなった。

それでもいじめは続いた。友達は誰もいなくなって、みんなからいじられるようになっていった。

〝いじられた〟後は、まっすぐ家に帰りたくなかった。家には厳格な母親と殆ど家に戻らない父、そして歳の離れた優秀な兄しかいなかった。心許せる相手はいない。そんなときは裏山に登った。

誰かが来るのを待っていた。泣いている自分を見て、慰めて肩を抱いてくれる人が出てくるのを待っていた。しかし、そんな人は、決して現れなかった。

現れないと気づいたときから西郡は強くなった。いじられても顔に出すことをやめた。どんなときでも平静を装うようになった。そのうち、いじられることもなくなったが、同時に誰とも打ち解けることもなくなった。猛烈に勉強を始め、その公立からは唯一、中高一貫の名門私立中学に進み、東都大学医学部を経て、東都総合病院脳神経外科医局に入った。

寝汗をかいて、目が覚めた。

こんな夢を見るのは、新井伸二のオペのプレッシャーだろうか。

今までも追い詰められると、この夢を見た。医大受験の時、卒業試験の時、国家試験、脳外科医認定試験……。

だがオペに関して西郡は夢を見たことはなかった。最初からなんでもできた。手先は昔から器用だったし、絵もうまかった。

優秀な外科医は絵がうまいという。空間認識力に優れているのだろう。西郡の時代は外科医も昔ほど徒弟制度の厳しい名残はなく、早くから様々なオペを任され研鑽(けんさん)を積み、気がつくと〝天才〟と言われるようになっていた。

目覚めるなり、西郡は新井伸二のオペ手順をおさらいした。

「手術は4度やる」……それが深山の教えだ。まず外来で、そして術前検査で、そしてオペへと向かう手洗い場で。万全のシミュレーションをしてから、本番に臨む。4度目が本当の手術だという。西郡は先達のいいところは積極的に吸収した。新井のオペなど、もう何度頭の中で執刀したことだろう。それでもあの夢を見るというのは、よほど不安なのか。

手術前の、手洗い場で手を洗っている時、西郡はふと錯覚することがある。落としているのは、手の汚れか、それとも松野くんを殴った感触か――。それは、決して落ちない気がした。今でも。

＊

ＨＣＵで目が覚めた麻里絵に、深山は事の顚末を話して聞かせた。倒れる前後の記憶が飛んでいた。

「そうなんですか。西郡先生が……」

「ええ、ずっと見てると言ったのですが、明日早いもので私が帰しました」

麻里絵は苦笑した。

「珍しいんですよ、ここだけの話。結構クールなんですけどね、あの先生、普段は」

と真凜が付け足した。

「そうか。聞かせたかったのになぁ、今日の話。あ、まぁ、でも明日また会えるか」

「今日、何かあったんですか」と真凜。

「うん、まぁ、ちょっと」

麻里絵は、屈託なくレコード会社のことを話した。よほど誰かに聞いてもらいたかったようだ。

「それは……よかったですね」

複雑な気分で深山は言った。

「でも、どこで倒れたか、覚えてないんですよね。あ、そうだ、そこのスマホを取ってもらえます？」

サイドテーブルに置いてあったスマホを指差した麻里絵に深山が渡した。Ｇｏｏｇｌｅのタイムラインというアプリを使うと、その日どこにいったかが全てわかるという。スマホを持って移動した経路が全て記録されているそうだ。が、点滴をしているため、うまくスマホの操作ができない。

「あぁ、いいですよ、私やります」と真凛が代わりに言われるがままにアプリを操作すると、その日の時間と経路が出てきた。それを見て麻里絵が言った。

「あ、神谷町か……そこで倒れたんだ」

「すごい便利ですね。ちょっと見てもいい？」と深山。「こういうの、どんどん疎くなっていって」。

「どうぞどうぞ。どうせ殆ど職場と家との往復なんで」

「そうなんですか？　彼氏とデートとかあるんじゃないですか」

といたずらっぽく真凛が微笑む。

「ないよぉ。それ見たらわかるから」

アプリには麻里絵のタイムラインが出ていた。曜日ごとに歩いた経路だ。やはり神谷町の駅で倒れていた。日によって特別な印があることに気づいた。

「あぁ、その印は作曲した日。曲がぐわぁぁっと湧き上がった、特別な日」と言って麻里絵は笑った。

それを見て深山は確信した。前に真凛からヒントを聞き、それを確かめるため小机を〝そこ〟に行かせた。そして今、疑惑は確信に変わった。

西郡は、大きな勘違いをしている。いや、麻里絵が——。

*

西郡は、目が覚めた時に、あの夢は今日で終わると確信していた。

今日、新井伸二のオペを成功させれば全て終わる。俺は強くなる。俺は天才になる。

病院に着き、麻酔をかける前の伸二と付添いの和子に挨拶をした。

「先生……本当に、本当によろしくお願いします」

和子は何度もペコペコ頭を下げた。

「大丈夫です。大船に乗った気持ちでいてください。今日は長くなりますので、無理せず休んでください」と西郡は和子の肩に手を置いた。同席していた深山は、そんな西郡を見るのは初めてだった。小机と真凛も驚いて西郡を見ている。

手術開始は午前8時。

伸二は全身麻酔をして、手術台に横を向いた形で寝ている。

「もうちょっと右に傾けて。そうそう……それぐらい」

小机たちが、伸二の体を微妙に動かす。そして固定するのに1時間かかった。脳外の手術は、最初の体位取りが極めて重要だ。頭をどの位置に置き、開頭するかで、その奥への到達スピードが決まる。一度、固定したらもう動かすことはできないので失敗は許されない。「体位取りが脳外のオペの全て」と言い切る医者もいる。西郡もいつも以上に慎重に体位取りを行っていた。

「よし。これで行こう」

後方で見ている深山も、悪くない体位取りだと思った。

聴神経腫瘍摘出の技術的な難しさは、腫瘍表面を出すアプローチポイントにある。腫瘍は脳の奥にある。聴神経腫瘍は後頭蓋下、耳の下あたりに入っている。小脳と錐体骨の間に2ミリの脳ベラという脳を押さえるヘラ状のものを使って、小脳を少し押さえた隙間から腫瘍を見ることになるのだが、下手な医者がやると小脳をつぶしてしまい脳が腫れて出血してしまう。絶妙な力加減で押さえ、腫瘍まで達しなければならない。そうして腫瘍に達したとしても腫瘍の周りには多数の脳神経や血管が走行している。さらにその奥には呼吸機能など生命維持の全てを司(つかさど)る脳幹がある。これを傷つければ即、植物状態、あるいは死だ。

西郡は、腰椎ドレーンから脳脊髄液(のうせきずいえき)を少量出しながら、極力ソフトに小脳を押さえつつ、慎重に腫瘍までたどり着いた。

「でかいな」

思わず声が漏れた。術前にいくら念入りに検査をやっても、実際に開頭すると検査の画像以上に大きかったり、位置が違う場合も多々ある。

ここから先は腫瘍を削り取っていく。ピンポン玉のようなものを取ればいいという話ではない。大きくなるには腫瘍にも栄養血管が必要で、腫瘍の中にも腫瘍血管がたくさん入っているが、普通の血管と違い不規則で脆く出血しやすい血管である。

脳の出血はバイポーラで凝固させて止血するのだが、弾力のある血管と違い腫瘍血管は血管が縮まらず止血しにくい。血が大量に出ると当然、術野が真っ赤に染まり見えなくなる。そうなると脳幹からの剝離、神経や血管の剝離保存に支障をきたす。

西郡はマイクロスコープという術野を見るための顕微鏡から目を離さず、出血を最小限に抑え慎重に進めている。ここまではうまくいっている。

これより先、大切になってくるのは腫瘍に圧迫されてペラペラと透明に広がって腫瘍にへばりついている顔面神経や、聴神経の場所を確認することだ。また、聴神経は神経の中でも一番弱く、目で見て繊維が残っていたとしても剝離手術の操作で駄目になってしまう場合もある。

「ABR（聴覚誘発反応テスト）お願い」

臨床検査技師が刺激を始める。「カチカチカチ……」という音が鳴る。患者は全身麻酔をしていても聴覚機能は反応する。それをモニターの波形で確認し、聴神経が正常に働いているかチェックするのだ。

「バイポーラ」

少しの出血がある。西郡は確実に吸引していく。慎重に、慎重に。そして腫瘍を少しずつ削り取っていく。

顔面神経も同様だ。電気刺激プローブという器具を、腫瘍で膜のように伸ばされた被膜にあててモニターしながら、その被膜の中のどこに顔面神経が走っているのかチェックしつつ、そこを避けて慎重に腫瘍を削り取っていく。削っては時間をかけて止血し、また作業に戻る。ひたすらそれの繰り返し。気の遠くなるような長さで、集中力が求められる。普通は、何度も手を休め、術者に患部を押さえておいてもらい、肩をほぐしたり体操のようなものをやったりして筋肉のこわばりをとく。でないと腕が硬直してしまう。だが西郡は一瞬も手を休めなかった。恐ろしい集中力だった。

5時間が経った。これでも異例の早さだ。

黒岩が入ってきたが、西郡は気づきもしない。

後方で見ている深山の隣に行く。

「部長に見てこいって言われてさ」と小声で囁く。

「あとは内耳道の腫瘍摘出。ドリルちょうだい」

と言う西郡を見て、黒岩も思わず声が出た。

「へぇ、早いね」

いよいよ最後の仕上げだ。順調だ、ここまでは。あと一息。

西郡はさらに集中していった。

*

付添いの待合室で、和子は一人、気をもんでいた。和子は健康が自慢だった。この歳になるまで、盲腸以外殆ど病院にかかったことがない。それだけに息子の健康運まで自分が持っていってしまったのではないか、と今は不安にかられていた。時間が経てば経つだけ不安が増していく。いつ終わるかいつ終わるかとだけ思い続け、気がつけば食事もとっていなかった。飲み物も――。

*

「よし、こんな感じだろう」

手術用顕微鏡を見ながら、西郡が呟いた。

それが手術の終わりを告げる声だった。脳腫瘍を全摘出し、顔面神経を剝離保存した。聴覚反応のモニターでのチェックでも問題ない。

あとは開いた頭を閉じる作業であり、そこは助手でもできる。

午後の5時。開始から9時間が経っていた。

「素晴らしい……」助手の一人が思わず感嘆の声をあげた。期せずして、麻酔医、モニタリングの技師、看護師たちから拍手が起こった。

深山も拍手していた。黒岩も。ただ西郡自身は疲れ果てていて、歓喜の声を聞く余裕もなかった。

全てを終え、ＩＣＵに伸二を運んだころには夜の8時を回っていた。和子は泣いて西郡の手を握った。もう安心だから早く休むように伝え、西郡は医局へ向かった。が、疲れ果て、廊下のベンチに思わず腰をかけた。

異例の速さで巨大聴神経腫瘍を完璧に切除した。顔面神経のみならず、聴覚も温存できたのは神がかり的と言ってもいい。今回のような大きな腫瘍の場合、通常では温存できないことがほとんどだ。34歳という若さを考えると誰もが「天才」と称賛してくれるだろう。

しかし、西郡にいつもの達成感はなかった。初めて未知の最高難度のオペを終え、ただほっとした気持ちしか残っていなかった。

あと1ミリ、聴神経がずれていたら。あと0・5ミリ、顔面神経が薄かったら。バイポーラでの止血がうまくいかなかったら。

同じ結果にはなっていない。今回は〝奇跡〟に恵まれた。でも危うい綱渡りだった。たまたま〝こちら〟に落ちたに過ぎない。反対側に落ちていたらすべてが終わっていた。脳外科の超高難度手術というものは、これほどまでに厳しいものなのか。

「天才」というのは、なんと使い勝手のいい言葉だろう。余人の覗いしれぬ才に出会った時、人はそれに天才というラベルを貼る。だけど相手がなんであれ易々とクリアしていくのが天才だろう。自分は、それほどのものなのか。

「ちょっといい？」

深山が来た。口を開くのも億劫だったが、次の言葉を聞いて目が覚めた。

「根岸さんのことだけど」

「どうした⁉」

慌てた西郡の顔を見て深山は苦笑した。

「大丈夫。容態のことじゃない。容態は安定している。明日も検査して午後には退院できると思う」

「あぁ……。よかった」

深山は横に座った。

「で？　何かあったんですか」

深山は言いにくそうに目を伏せた。そんな顔は珍しかった。

「どうしたんです？」

「根岸さん、レコード会社の帰りに倒れたって知ってた？」

「ええ。前、言ってましたから。契約決まりそうだって」

「やめたほうがいい。やめるように先生から言って」

「え？　意味がよくわからないんですが……」

深山はため息をついた。

「彼女は自分の力で曲を作ってない」

「何を言ってるんです？　全然、意味が……」

「彼女は、サヴァン症候群よ」

西郡は「え？」と聞き返した。

「左脳に脳腫瘍ができたことで、後天性サヴァン症候群になっている。そのせいで、一度でも聞いた曲を瞬時に再現できるようになってると考えられるわ」

サヴァン症候群の患者は、殆どが自閉症などの障害を持ちながら、ごく特定の分野で突出した能力を発揮する人たちだ。映画の「レインマン」でダスティン・ホフマンが演じていた、ひと目見ただけでトランプの札を記憶したり、何万桁の計算を瞬時に解いたりする才能だ。その能力の出方は様々で、2千曲のオペラの譜面、楽器、歌声、全てを覚えていて、忠実に再現できる音楽サヴァンと呼ばれる人たちもいる。

ごく稀(まれ)にではあるが後天性サヴァンといい、頭部に病気や怪我を負うことで、突如、特殊能力を発揮するようになることもある。多くは異常な記憶力を備えていて、なぜそのような能力を発揮できるようになるかは謎の部分も多い。

「つまり彼女の作曲しているのは、オリジナル曲じゃない。原曲がある。それを完全にコピーしてる。恐らく無意識に」

西郡は絶句した。

「嘘だろう」

「ちょっと気になった。あまりに唐突に、そんなに次から次へと曲が、しかもあんなすごい曲がある日突然、作れるようになるんだろうかって。どこかで聞いたような曲もあったし」

洋楽好きの真凛も気づいた。麻里絵の曲を聞いてひっかかるものがありＹｏｕＴｕｂｅを探すと、同じ曲が流れていた、という。

「それで、彼女の行動範囲を彼女のスマホで見た。あなたも行ったことあるでしょ？　＊＊のカフェ」

西郡が取材を受けたカフェだ。

「彼女はあのカフェに出かけたあと、必ず曲を作っていた。あのカフェは、世界中のインディーズの曲のＹｏｕＴｕｂｅをモニターでかけている。レコード会社のディレクターといっても、世界中の音楽を全て網羅してるわけじゃない。聞いてもわからなかったんだと思う。でも、それこそ間違ってＣＤにでもなったら、大変なことになるよ」

「馬鹿な」

愕然として言葉もなかった。じゃあ彼女の〝才能〟はなんだったのか。全て偽り、偽物だというのか――。

「左前頭葉の腫瘍をとったら、恐らくサヴァンの症状は出なくなると思う」

それは今の麻里絵の〝死〟を意味していた。

「そんな……。じゃあこれから、どうやって彼女は生きていけばいいんだよ！」

声が大きくなった。思わず出たタメ口にも、深山は静かに答えた。

「それは、わからない。我々の考えるところじゃない」

医者が患者の人生にまで立ち入ることはできない。責任のとりようもない。それは自明の理なのに、ともすれば関わろうとしてしまうことがある。若いならなおさら。

呆然と、まだ虚空を見つめていた西郡に深山は言った。

「主治医はあなた。あなたが言いなさい、彼女に」

深山が立ち上がった時、黒岩が小走りにやってきた。

「あれ？　まだいたの？」

「おぉ、帰ろうと思ったら呼ばれちゃってさ、ナースから」

怪訝な顔をする深山に黒岩が言う。

「なんか倒れたらしいよ、さっきのほら、新井さん？のお母さん。脳梗塞かもしれないって」

和子は緊急でオペ室に運ばれた。すでに意識はない。ＩＣＵから家族室に仮眠をとりに向かったところで、倒れたという。頭部ＣＴでくも膜下出血とわかり、出血部位などの詳細確認のためＭＲＩに回ったところだった。

黒岩と深山がオペの手配や麻酔科とのやり取りをしていると、西郡が「俺がやります」と入ってきた。10時間近い手術を終えた後だったので2人は顔を見合わせたが、西郡はやると聞かなかった。「あ、そう。じゃあ後よろしく～」と黒岩はさっさとその場を離れた。しょうがなく深山が助手に回ることになった。

が、あがってきたＭＲＩの画像を見て、そこにいた麻酔医たちスタッフ全員が驚きの声をあげた。

「なんだ、これ⁉」

「どうなってるの⁉」

西郡、深山も目を見張った。

3つの動脈瘤があり、そのうちのひとつが破裂したと思われた。今は一時的に出血部位が凝血で止血されてはいるだろうが、またいつ破裂するかわからない。そもそも、MRI画像だけでは3つのうちのどの動脈瘤が破裂したのか断定するのは難しかった。つまり3つとも、瘤、すなわちコブの根本をピンで止めるクリッピングという手技で破裂しなくなる処置をしなければならない。

通常、脳への動脈は4本ある。2本の頸動脈と2本の椎骨動脈だ。

ところが、である。

「1本しかない!」

思わず西郡が叫んだ。

動脈が1本しかない奇形だった。脳は3分血流がなければ死に至る。動脈瘤の処置は、通常なら動脈は4本あるので、そのうちの1本を数分仮止めしても問題はない。血流を止めて、いわば川の流れを堰き止め、壊れた護岸を修復する作業のようなものだ。ところが動脈が1本となると、血流を止めるわけにはいかない。つまり流れる川の中での護岸の修復作業となる。しかも3つも。

「どうしますか……」

麻酔医から気弱な声が漏れた。

「どうするって……やるしかないだろう！」

西郡は怒鳴り返した。血管の状態から言って、放置して様子を見る余裕はない。一刻も早く処置しなければならなかった。前代未聞の緊急手術が始まった。

救命から来た麻酔医や助手たちが手際よく処置していく。あっという間に髪を剃り、西郡が体位を決め、開頭に入る。

助手に入った深山は、何かあったらすぐ交代するつもりでいたが、西郡は微塵も疲れを感じさせない動きだ。

「速い」

助手の一人から感嘆の声が漏れる。

あっという間に、ひとつめの動脈瘤に到達した。

手術用顕微鏡を覗く西郡の目が険しくなる。深山には、肩に力が入りすぎているように見えた。いつもより緊張している。

顕微鏡からは、凝血でぐちゃぐちゃになって凝固している動脈瘤が見えた。正念場だ。ここを一発でクリッピングしなければならない。

クリップを持つ手が微かに震えた。

突然、思いもかけない光景が西郡の脳裏に浮かんだ。

小学校4年のときの、あの校庭の片隅での光景だ。

悪ガキたちに脅されて、親友の松野くんを殴った。

頬をぶった、その手の感触。最後まで笑っていた松野くんの目。

あの時、吹いていた生暖かい風——。

「西郡！」

深山の叫び声と顕微鏡に映る動脈瘤の嚢が裂けたのは同時だった。

術野がたちまち真っ赤に染まった。

「吸引器！」

西郡の言葉に慌ただしく動き出す器械出しの看護師たち。

深山も顕微鏡下のモニターを見ている。しかし、もう術野は血で見えなくなっていた。

「動脈瘤が破れた……」

助手の一人が声を漏らした。

「くそ……くそっ！」

西郡は必死に吸引器で血を吸い上げようとするが、到底追いつかない。

「マイクロ用の吸引じゃ無理。開閉頭で使う太いのにしたほうがいい」

と深山が言うが、西郡にはもはや聞こえなくなっている。

「西郡！」

止まっていた。西郡の手が。正気を失っていた。体がこわばり、完全に動けなくなっていた。

深山は助手に怒鳴った。

「どいて！　代わる！」

その時だ。

「やばい状況だってぇ？」

と術着を着た黒岩が入ってきた。ＭＲＩを見て、誰かが帰る黒岩を呼び止め、連れてきたのだ。

術野を映すモニターを見るなり、場違いなすっとんきょうな声をあげた。

「ひゃ〜、こりゃ痺れるねぇ。代わろう」

と黒岩は、まるで何事もなかったかのように西郡をどかしマイクロスコープを覗いた。

「派手に出てるな、こりゃ。まずは脳幹の方向に出血が広がるのを抑えるか。大きめの棉（わた）ちょうだい」

器械出しの看護師が慌てて渡す。

「おいおい、〝大きめの〟棉っていったんだ。落ち着けよぉ。落ち着いて急げ。な?」

看護師が別の棉を渡した。黒岩は吸引を始める。

「血圧、下げますか」と麻酔医。

「だめだ。仮止めクリップを使う。血圧は上げて。今すぐ」

モニターの中で再び椎骨動脈が見えだした。

「15ミリ、まっすぐの遮断クリップ」

看護師が差し出す。

黒岩は血管の周囲をクリップのブレードで挟み、止める。出血が止まった。

「よっしゃ。時間教えて。1分ごと。それとエダラボン投与」

動脈瘤の周りの凝血塊を吸い取っていく。黒岩の周りだけ、別の時間が流れているように見えた。

「1分!」助手の一人が叫ぶ。後ろの方で別の看護師たちが囁いているのが深山にも聞こえる。「もって数分……」「その間にクリップ止め⁉ 無理だ、普通なら30分だ」。

助手がまた叫んだ。

「2分!」

「10ミリのバヨネットクリップ」

黒岩の声のトーンは変わらない。

「3分！」助手の声はもうほとんど悲鳴に近かった。

器械出しの看護師が、クリップを鉗子に装塡しようとするが、両手が震えてうまくいかない。

「クリップ！　早く！」と気づくと深山が怒鳴っていた。看護師の手から代わりにクリップを摑むと、鉗子に装塡し、渡した。

黒岩は、動脈瘤の根元にそれを持っていく。

「4分！」

「MEP波小さくなってます」技師が叫んだ。

ピッピッと心音モニターが激しく鳴った。

脳が酸欠寸前だ。

「オッケー。遮断クリップ、外すよ」

椎骨動脈を止めていたクリップを外した。処置が万全でなければ、そこからまた出血する。この状況での出血は、時間切れアウトを意味していた。

動脈瘤のあった動脈に血液が再びなだれ込む。「神様……」と誰かが呟いた。

動脈瘤のクリップは持ちこたえ、出血せず順調に流れていく。

一同、ほっとした顔になった。

「残り2つ、2分でやる。測って」と黒岩。

「2分で⁉」と麻酔医が驚く。

「じゃないと脳がもたない。動脈の感触から言って、もう一度椎骨動脈止めたとして、2分なら耐えられる。もう一度遮断クリップ！」

深山が看護師に代わって、慌てて、先ほどの遮断クリップを出す。

「脳保護剤は？」と黒岩に聞く麻酔医。

「マンニトールとステロイド入れて」

「1分！」とまた助手が怒鳴る。

「残り1分で2つ……」

「ひとつ止めた！」

スコープがそのまま映し出されるモニターを食い入るように見ていた看護師の一人が叫んだ。

黒岩の額に汗が光る。さすがに無口になった。

「2分！　2分経ちました！」

最後の動脈瘤。その根本にクリップが挟まった。そして椎骨動脈の遮断クリップが外される。動脈瘤のあった動脈に血流がなだれ込んでいく。

「やった……」

深山の口からも深い息が出る。

顕微鏡から、黒岩の顔が外れた。

「あと、閉じといて。いいよね？　俺、もう」

「うん、そうね。十分。閉じとくわ」

「あ〜疲れた。これ、別ギャラもらわなきゃだな」

と言い終えるや、さっさとキャップを取り、出ていった。

そこに立ち尽くしている西郡のことを見ることはなかった。


「昨日は大変だったねぇ」

西郡が病院の医局に顔を出すと、今出川がのんき気な顔で労(ねぎら)った。それを曖昧に流し、それからＩＣＵに顔を出した。伸二も和子も、容態は安定しているようだった。

病棟へと向かう廊下を歩いているときに、深山とすれ違った。

「根岸さん？」

「はい。今から行きます」

「そう」

西郡は、麻里絵のいる個室病室に入っていった。

ベッドで上半身を起こし、麻里絵は上機嫌で鼻歌を歌っていた。

「あ、先生」

麻里絵は弾んだ声を出した。

「聞いて！　RYレコードが、私の曲、買ってくれるって！　ついにCDデビューだよ」

西郡は、微かに笑った。それを見て麻里絵はむくれる。

「ちょっとぉ、なにそれ、その笑い。もっと喜んでよぉ。すごくない？　＊＊や＊＊も手掛けたディレクターなんだよ！　それがさ、私の曲、全部、すごい新鮮だって。信じられないって！　だからさ、こんなとこで寝てる場合じゃないの。早く出してよ、先生」

西郡は、じっと麻里絵を見ていた。

「どうしたの？」

なぜか罪悪感を覚えていた。彼女がサヴァンなのは、自分のせいのような気がしていた。自分と一緒だ。自分のように弱いから、殴られるのだ。

「間違いなんだ、それは……」

「？　何が？」

「間違いなんだよ、根岸さん。その……」

言葉がつかえて出てこない。

「何が間違い？　私の病気？」

「違う。違うんだ……」

西郡は声を振り絞った。

「なに？」

「君に……才能はないんだ」

「……え？」

麻里絵は、表情を変えなかった。

西郡は、後天性サヴァン症候群の説明をした。麻里絵の閃きは、脳腫瘍によるものであること。作った曲は、無意識に聞いた、カフェで流れていたＹｏｕＴｕｂｅの曲をそのまま再現したものであること。オリジナルではなく、模倣に過ぎないこと。

「これが……その曲だよ」

西郡は、スマホを見せた。そこから流れる曲は、寸分違わず、麻里絵が聴かせた音色だった。

「手術、しよう」

放心したような、ぼんやりした顔で聞いている麻里絵に話しかける。

「すぐに取ったほうがいいんだ、この腫瘍は。手術計画を立てる。俺が切るから」

最後は消え入るような声になっていた。

麻里絵の顔を直視できなかった。

「どうやって……」

「……え?」

「どうやって、これから生きていけばいいの? 私……」

答えられなかった。

「どうやって……」

麻里絵の目からは涙がポロポロ落ちていた。

「わからない……」

かろうじて西郡は答えた。

「俺も一緒なんだ。わからないよ……」

麻里絵が顔をあげ、西郡を見た。

「俺も今……途方にくれている……」

信じていたものをなくして、人は生きていけるのだろうか。

それでも生きていかなきゃいけないのだろうか。

西郡にもわからなかった。

病室を去ろうと踵を返した西郡の耳に、麻里絵の声が聞こえた。

「あるもん」

振り返った。

麻里絵は、何かを譜面に書き出していた。

「あるもん……才能……」

やみくもに何かを譜面に書き綴っていた。それは素人にもでたらめな動きだとわかった。

西郡は深山に麻里絵のオペのことを伝えた。そして真夜中の和子のオペの失態をわびた。

「すいません。俺は、あの程度の医者です」

悪びれたわけでも、開き直りでもなかった。ただ、淡々と気持ちを話した。鎧は解けて、どこかに流れていた。

「部長に報告して、クビにするならしてください。一度、現場から離れて考えるのもいいかもしれない。本気でそう思ってます」

「そう」

「自分でも絶望してます」

一呼吸おいて、深山はこたえた。

「私も、そうだよ」

「……え」

「私も、黒岩を見て、いつも絶望している。何もかも違う。何よりセンスが違う。あの出血量の中で一時遮断しつつ破裂した瘤だけでなく、残りも全てクリッピングした。結果、正解だった。教科書にはどこにも載ってない。やっぱり天才だと思う」

言葉を繋ぐ。

「だから、私も日々、絶望してる。到底かなわない〝才能〟ってものに」

こんな風に深山と会話するのは初めてだ。この病院にきてから誰かとこんな風に話すのも。

いや、あの松野くんを殴った時以来、誰かと話すのは初めてなのかもしれない。

「でも、しょうがない。それでも生きていくしかない。全ては自分で受け止めて、生きていくしか、ね」

そう言い終えて、深山は去って行った。こんな風に静かにしゃべる人なんだ、と西郡は思った。

3週間後、伸二と和子は退院し、麻里絵の手術も行われた。

麻里絵の左前頭葉の腫瘍は、無事摘出され、2週間後、退院した。

もう聞いた曲を再現する能力はなくなっていた。退院の日が奇しくも彼女の40歳の誕生日だった。

*

その夜、西郡は夢を見た。

11歳の西郡が、裏山に行き、一人、泣いていた。

その時、後ろから音がした。

振り返った。

背丈ほどの草むらが、ただ風に揺れていた。

じっと見ていた。

すると……足音がその向こうから聞こえてきた。

それはゆっくり近づいてきて、やがて草の中から顔を出した。

西郡だった。34歳の西郡だ。

ぼんやりと見ている11歳の西郡に、西郡はやさしく声をかけた。

「もういいよ」

微かに笑っている。

「もう、いいんだよ。頑張ったよ、お前は」

「………」

「うちに帰ろう」

泣いている西郡の肩をやさしく抱いた。

11歳の西郡は、頷いた。

34歳の西郡が11歳の肩を抱き、2人は、草むらの中を降りていった。

その後は、ただ茫々（ぼうぼう）たる草が揺れていた。

4章　脳と恋

「その日　午前9時」――

小机幸子(こづくえさちこ)は両手を上にあげ、手術室へと向かう廊下を颯爽と歩いている。脳外科の執刀医。医者の中でも選ばれし者だけに許される栄誉。それが今日という日だ。

手術室の中では、器械出しの看護師に外回りの看護師たち、麻酔医、臨床検査技師、助手たちが、主役の、主役の登場を待っている。これだ。この快感。私が行かないと何も始まらない。主役の、スターの登場を今か今かと待たせている、その感覚。昔、模擬試験でつねにトップとなってその世界では有名になり、何人かがチラチラと羨望の眼差しで見つめる中、悠然と試験会場に入っていった。アレに似ている。小机は、ことさらにもったいつけるように悠然と歩き、フットペダルを踏み、オペ室のドアを開けた。

「おまたせ」

そこには看護師と助手がいた。

「〝おまたせ〟じゃない。〝お願いします〟！」

怒鳴られた。助手という名の鬼教官、深山瑤子(みやまようこ)に。出鼻を挫(くじ)かれる。

「遅い！　いつまでチンタラ手洗いやってんの！　それに何気取ってる⁉　研修医でもできる手術！」

小机は聞こえないように舌打ちをする。それを言っちゃぁおしまいだろうが。心の中で毒づきながら看護師に手袋をはめてもらう。

「では……これより、慢性硬膜下血腫除去及びドレーン留置手術を始めます」

「知ってるよ」

小沢真凛(おざわまりん)が食い気味に言った。今日は器械出し係だ。

「早く。患者さん、待ってる。ごめんなさいねぇ、横畠(よこはた)さん」

意識のある横畠やえさん、73歳に深山が声をかける。慢性硬膜下血腫のオペは局所麻酔だ。シーツの下で横畠さんがのんびりと言う。

「あぁ、いいんですよ。ゆっくりやってください」

「すいません、今日は、新人で。でもしっかり私が見てますから」

「困った時はお互いさまよぉ」と深山に向かって横畠が笑う。

この呑気な空気が小机の調子を狂わす。

「メス」

そう言った小机に、深山が低い声でつっこむ。

「〝メス、ください〟」

「……メスください」

メスを受け取り、いよいよ皮膚を切る。

「ちょっと待って」と深山。

「小机……あんた、脇汗すごいね」

確かに脇からびっしょり汗をかいていて、術着が黒く染まっている。なんだかんだ言って、初めて人の頭に穴を開けるのだ。緊張するなと言うほうが無理だ。しかし、ここで指摘せんでも、と小机はまた心の中で毒づく。

「あら？　大丈夫なの？　脇汗？　脇汗って何？」と横畠さんも心配顔だった。

「脇から汗が出ることです。はい」と真凛の解説。

「あ〜、脇からの汗ね。はいはい」

「さっきジョギングしてきたんで」

深山に言い返し、皮膚を切る。５センチほどの切開。恐る恐るメスを入れる。

「断面ガタガタになる。骨までもっと深く切って」

怒鳴る深山。１回に切る量が少なすぎると同じところを何度も切らなければ十分に傷口を広げられない。すっと1回で同じ深さで切るのが理想だが、どうしても切り始めと切り終わりが浅くなりやすい。

それにしても……患者は局所麻酔で起きている。もう少し小声で怒ってもよさそうなものなのに。

「すいませんね、横畠さん。しっかりやらせますので」

「いいのよぉ、深山先生。先生の指導なら安心だわ」

深山と信頼関係が出来ている。だから執刀医を怒鳴ってもいいってことか。

皮膚を切開したら、頭蓋骨から皮膚を引き剝がす作業だ。

「ラスパ。……ください」

ラスパトリウムという、金属製のヘラを使って、ガリガリ削るように骨膜を剝がす。次はヤンゼンというパスタを摑むようなトング状の開創器で傷口を広げる。頭蓋骨がしっかり見えてきた。ここからは手回し式のドリルで穴を開ける。ぐるぐる両手で把手を回すと、先端も一緒に回って削れていく。ある程度削ったら一旦止めて削れ具合を確認する。ガンガン削ってしまい、ずぼっと貫通したら脳に突き刺さり脳損傷になるからだ。怖すぎる。小机は実は小心者だ。止めては20回転させて確認し、また20回転。それを繰り返す。

遅い。確認しすぎでノロノロとした作業に深山がいらだっているのがわかるが、脳に穴を開けるわけにはいかない。ここは小机は慎重だ。ようやく穴を開ける。開けた穴には少し骨の削り残しが出るので鋭匙（えいひ）という細いスプーンのような器具で掻き出す。これはコツを素早く習得できたのか、はたまたドリルのプレッシャーから解放されたせいか、小机は調子よく骨の破片を取っていた。

が、下手な人間がやると、この時、パチンパチンと骨の破片が飛ぶ。案の定、それが一片、深山のおでこに当たる。

「あうっ」

深山がのけぞる。

「どうかしましたぁ？」小机の呑気な声にいらだつ深山。

「骨は飛ばさない！　当たると危ない！」

「あ……すいませんっ！」

深山の舌打ちが聞こえる。もし全身麻酔で患者に意識がなかったら、間違いなく蹴りを入れられているところだ。深山の蹴りは「16文キック」と呼ばれていると小机は聞いた。意味はわからんが。

いよいよ血腫を包んでいる膜の切開だ。ここまで進んで安心した小机は無雑作にメスを入れた。するとぴゅっと血が勢いよく飛び出し、小机の顔面を叩きつけた。

「だぁあああ!」

思わず声が出た。

「声、出さない!」

「なに? どうしたの? 私、平気?」と横畠さん。

「あ、平気です。大丈夫大丈夫」と言いながら、深山は殺意の込もった目で小机を見ている。

慢性硬膜下血腫は、外傷により頭蓋骨内に少量の出血が起こり、それが1~2か月かけてゆっくりと拡大していき、最終的にパンパンに溜まったものだ。頭蓋骨内にはもともと脳がぴったり収まっているので、そこに新たな血だまりができれば内部の圧力は当然高まる。なのでメスでちょっと血腫の膜を切開しただけで血が噴出することがあるのだ。勿論、教科書的には知っているが、いざホラー映画さながらに、目の前に血が飛んでくるとビビる。

「ドレーン、早く入れて」

地獄の底から聞こえてくるような重低音で深山が指示する。モタモタしていると血腫が流れ出て頭蓋骨内に空気が入ってしまい気脳症になる。すると血腫が再発しやすくなるので、なるべく空気が中に入らないようにドレーンという管を差し込んで穴をふさぐ。手術の後にドレーンから一晩かけて血腫を外に流出させるため、頭蓋骨に穴を開けたまま留置するのだ。血腫が流出し終わるとバーホールキャップといういわば「蓋」を穴に被せて塞ぐ。

「次、止血」

ようやく動揺が収まり、ドレーンを留置した小机は、バイポーラという巨大ピンセット状のもので切開した頭皮の断面など全体の止血をする。電気で出血点を焼いていくのだ。

「立て気味にして、先端でピンポイントに出血点を挟んで焼く。面じゃなく点で焼く」

「はい……はい……」

「ハイは1回！」

「はい」

目の前の作業に必死で、何回返事したかも数えられない。ようやく傷口を縫って手術終了だった。

「終了……」

もうぐったりだ。

「横畠さん、終わりましたよ〜」

こんな時だけ深山が明るい声で言った。

「あら？　ありがとう。もういいのね」

「えぇ、お騒がせしました。本当にすいません」

「いいのよぉ。まだお若いんでしょ？　こんなもんよ」

小机はほっとする。いい人でよかった。もっともそれを見越して深山は小机に執刀させたのだろうが。

ふと見ると深山が蛇のような目で睨んでいた。この後は、こっぴどい説教だ。

皮切（皮膚切開）下手、鋭匙の使い方まるでダメ、いざというとき度胸がなくビビって叫ぶ。脳外科医として、あり得ない。

1時間、なじられた。

強気の小机もさすがに応えた。そして思った。考えたらこの病院に来て以来、怒られなかった日は一日もない。

そもそもなんでここに来たのだ？

幼少の頃から成績は常に一番だった。

答案用紙を返され、「ぐわ〜、70点だったぁ」とわめいている同級生に、「なんで？教科書に載ってることしか出てないよ？」と言ってドン引きされたのが小3の夏。以来、ずっとトップの成績で、中高一貫の女子進学校に入った。男子の目を気にしないでいい女子校で、コンタクトは目に合わないと牛乳瓶の底メガネをかけ、BL系の危ない同人誌の漫画をこっそり描いたりしていたのもこの頃だ。そこから東都大学医学部を経て、研修期間を終え、このたび系列のこの脳外の医局に配属された。脳外のランクとしては都内トップ。だから来た。

小机は人生の中で、それ以外の選択はしてこなかった。トップの中学、トップの大学、トップの医学部……。親が医者だったわけじゃない。子供の頃、事故で死にかけ、そこをゴッドハンドのドクターに救ってもらった、最愛の母親が癌で余命いくばくもないのに奇跡の治療で今も元気……みたいなわかりやすいストーリーがあるわけでもない。一番難しい、いや一番偏差値が高かったから。それだけの理由で医者になった。

こんな人、実はまわりに結構いる。そして6年の医学部生活、2年の研修を終えるとき、学部長から勧められたのが脳外だった。そこで学部長の親友という東都総合病院脳神経外科部長の今出川孝雄と会った。

「日本で一番難しい科が、うちの脳外だよ」

今出川は、言い切った。

最高難度に挑むのは、生まれながらの小机の性だ。今にして思えば今出川はそれを見透かしていたのかもしれない。だが、実はその時はもうすでに他に決めている科があった。研修で回った血なまぐさい外科、辛気臭い内科、どちらにも嫌気がさしていて、いっそのこと物言わぬ細胞を相手にした病理医になろうとしていたのだ。

義理で会ったものの、どう断ろうか言い訳しようかと考えている小机に今出川はぼそりと言った。

「君、恋、したことある？」

「は？」

「恋、だよ、恋。恋愛したこと、ある？」

「……いえ」

なんでそんなことを聞くのか意味がわからない。戸惑う小机に今出川は追い打ちをかけた。

「だったら脳外に来た方がいい。脳は、心だよ。心を知らなきゃ。……ね？」

何が「ね？」なのか、さっぱりわからなかった。わからなかったが、雷に打たれたかのように、体に、いや脳に電流が走って、脳外に行くことを決めた。そんな風に物事を決めたのは生まれて初めての経験だった。

でも考えてみれば、最高学府の最高の系列の最高難度の脳外に挑む。これほど自分に相応しい職場はない。そう思い直し、自分を納得させて東都総合病院脳神経外科医局にやってきたのが3か月前だ。以来、褒められたことがない。褒められたことしかなかった、それまでの26年なのに……。

*

「珍しいね。あんたでも落ち込むことがあるんだ」

ぼぉっとカルテを見ることなく見ながら歩いていると、こういうことには敏感な真凛が寄ってきた。

「どうした？　深山先生に怒鳴られた？　でもいつものことでしょ？　怒られてるとこしか見たことないもんね」

「お気楽ナースと一緒にしないでくれる？」

「あんたにお気楽とかいわれたくないわ。……で、どうしたの」

小机は、はしょりながらも自分が脳外にいて悩んでいることを打ち明けた。プライドの高い小机だったが、さすがに藁にもすがりたい気持ちもあった。

「向いてる？　脳外に。確かにポテンシャルは高いけどさ」

「……うぬぼれは強烈だけどね。向いてないね」

「いや、そんな、あっさり……」

「大体、あんた、そもそもは病理志望だったって言ってなかったっけ？」

病理というのは、手術などで切り取った病変の一部を、顕微鏡などで見て、より詳しく病気の原因を探る部署だ。いわば24時間細胞が相手で、医者というよりやっていることは学者に近い。

「病理って、顕微鏡ばっか見てるでしょ？　なんでそんなとこの医者になりたかったの？」

「臨床は大変でしょ？　患者、相手にしなきゃいけないじゃない。その点、病理検は細胞が相手。切除された病変見てなんの病気か診断する……効率いいでしょ」

「効率？」

「私ね、人生、効率よく合理的じゃなきゃ気がすまないの」

「はぁ〜。あんた、よくそれで医者になれたね」

あきれたように真凜が言う。

「どうしようもなく頭良かったからね。必然的に一番偏差値の高い学部を受けることになって、それが東都大医学部だった。それだけのこと」

「で、脳外に来たと」

「そ。うちの医局はナンバーワンだからって部長に口説かれちゃってね。君みたいなのが病理はもったいないって。そりゃあもう大変だったわ」

「……それだけ？」

「え？」

「それだけの理由？　脳外がナンバーワンだから？」

言葉に詰まった。

『君、恋、したことある？』

その一言に惹かれたとはとても言えなかった。なぜ惹かれたのかもよくわからない。理解できないもの、というのが小机は一番嫌いだった。いっそのこと、真凜に〝恋〟について聞こうかとも思ったが、年下に〝恋バナ〟なんてプライドが許さない。小机は慌ててごまかした。

「うん、まぁね。やっぱさ、生まれてこの方、ずっとナンバーワンだったからさ。最終的には脳外に来なきゃいけないでしょ？　で、ここでもナンバーワンになるのは決まってるんだけどさ、怪獣みたいなのも多いからさ、主役を邪魔する」

「あんた……ぜ〜ったい、バチが当たるよ、そのうち」

「バチ？　どうして？　ホワイ？　きれいだから？」

「〝心〟ってものを知った方がいいよ。人間の心ってものを。それが脳を知るってことだよ」

「心？　心はどこにあんの？　意識ってこと？　そんなの、所詮、シナプスの電気信号でしょ？」

「あ……」

と言って真凜が小机の背後を見る。

小机もつられて、真凜の顔からうしろに目線を移した途端、眼前に棒のようなものが振り下ろされ頭を痛打された。

バチ当たるの早すぎ、とか本当に火花って飛ぶんだな、とか目まぐるしく頭が回転したが、やがて意識が遠のいた。


「あ、目が開いた」

小机の視界には、のぞき込む真凜、深山、そして西郡琢磨（にしごおりたくま）の3人の顔があった。

「うん、脳震盪ね。ま、大丈夫だと思うけど一応、CT撮りにいって」

「え？　あ……私……」

どうしたの？　と起き上がろうとして、真凛に制された。

「あ〜そのままそのまま。あんたね、患者さんに松葉杖で殴られたの」

「はぁ⁉︎　ん？　何これ？」

鼻にはティッシュが詰め込まれている。

「倒れた拍子に壁に顔ぶつけて鼻血。まだそのままにしといてよ」

何人ものMRたちが、じろじろと遠巻きに小机を見ている。

「＊＊製薬の人たち。あ、この人、こないだうちに来た新人の小机先生」と深山が言うと、「よろしくお願いします」と5人ほどが小机に頭を下げた。

いや、何もここで、と鼻のティッシュを気にしながら、渋々小机は会釈を返す。

「ちょうどいいわ。この患者さん、担当して」

「は？」

「半側無視の患者さん。左半分がわからなくて、杖を振り回した時あんたとぶつかったの」

半側無視とは、脳卒中などによって脳の一部が損傷したことにより、自分の右なら右側、左なら左側の空間が、認識できない症状を指す。左右どちらかは損傷した脳の部位による。空間が〝認識できない〟とは、〝見えない〟とイコールではない。敢えて言えば、見えてはいるが脳が認識できない状態だ。

患者は左右半分が認識できないだけで、会話は普通にできたりする。非常に特異な、だが、脳外においてはしばしば見受けられる症状である。

この患者は、つきそいの奥さんをなぜか振り払おうとして、ついていた松葉杖をしゃにむに振り上げたところ、ちょうど前にいた小机に当たったのだ。運が悪いとしか言いようがなかった。

*

前川洋三(まえかわようぞう)は、ベッドで上半身を起こし、ぼんやりと前の白い壁を見ていた。その年齢にしては豊富な量の白髪をオールバックにして、太くつり上がった眉が意思の強さを感じさせる。ピクリとも動かない麻痺した左腕がだらりとシーツの上に置かれているのを除けば、病人には見えない精悍さだ。

傍らには、妻らしき痩身の婦人がしょんぼりした顔で座って前川を見つめている。やつれているせいか前川より年上に見えた。

「おい。飲み物」

前川は、ぶっきらぼうに妻に呟く。

が、前川のすぐ左横のサイドテーブルには、何本ものペットボトルのお茶が置いてある。

「そこにあります。お父さんの左側……」

「嘘をつくな。早く用意しろ」

「………」

婦人は、諦めたような顔でそのうちの1本をとって渡す。

前川は何も言わずに飲みだした。

「前川洋三さん、76歳。先月、右脳のAVM（脳動静脈奇形）による脳出血で緊急搬送。AVMの摘出と血腫除去が行われ、現在リハビリ中。左腕の麻痺は残ってる」

個室の入り口で、前川を見ている小机に真凛が説明する。

「つまり右脳の損傷による左半側無視。それでさっき、奥さんを振り払おうとして前川さんの左にいたあんたを殴っちゃったってわけ」

「はぁ」

小机は頭のこぶを触った。

「あ、言っとくけど、さっきのこと、前川さんは理解できてないから。蒸し返しちゃだめだからね」

真凛はそう言うと前川のベッドに向かっていった。

「殴られなかったってことにするってわけ？　なんだかな……」と、ぶつぶつ言いながら小机も後を追う。

「前川さん。失礼します。どうですか、具合は？　食欲少しは戻りました？」

前川は真凛を見た後、視線を後ろの小机に移した。

「あ、新人の小机先生です。これから何かあったらこの先生に言ってください」

「よろしくお願いします。さっきはどうも」と皮肉たっぷりに言う小机だったが、真凛がにらんでいるのを見て慌てて笑顔を作り、前川に話しかける。

「どうですか、前川さん。左腕の具合は。全然動きません？」

ストレートすぎる聞き方に、真凛がぎょっとした顔をする。その矢先、予想外の言葉が前川の口から飛び出した。

「先生……」

「はい？」

「これは……私の腕じゃありませんよ」

言いながら、自分の左腕を見ている前川。

「えっと……なんの話ですか」

「これは……私の腕なんかじゃない」

小机は、なんのことかわからず、しばしぽかんとなった。

＊

カンファレンス室、すなわち医者たちが患者の治療方針などを決める会議室でホワイトボードを前に深山が説明していた。小机は生真面目にノートを取っている。真凜も加わっていた。

「前川さんの左腕は、ＡＶＭによる脳出血の後遺症で完全に麻痺している。そして、術後のＡＶＭ再発が起こった。ＡＶＭ摘出後の再発自体は珍しくないけれど、それで左上肢麻痺の事実を本人の脳が認識できないという状況になってしまった。だからそれを〝エイリアンの腕〟、つまり他人の腕だと思いこんでるの」

「いわゆるエイリアンハンドね」

「つまり自分の左腕を赤の他人の腕だと思い込んでるってわけですか」

「そう。脳は必ず整合性を取りたがる。〝理由〟をつけたがる。自分の前に腕が、しかも動かない腕がある。ところが自分は脳出血を起こした記憶も、そのせいで麻痺して動かないということも理解できない。だから全く別人の腕だと脳が思い込んでるってわけ」

ぽかんとした顔で聞いている小机に真凛が横やりを入れる。

「バカみたいに研究書読んだんだから知ってるでしょ」

「そうだけど……。ＭＲＩ見たけど、さして問題があるとは思えない。左腕以外の会話は、全く正常だった。理解できないとは思えない」

深山と真凛は顔見合わせ、フンと笑う。

「だったら前川さんに、現状を、そこにあるのは自分の左腕だということを理解してもらってきて。なるべく早く」

「楽勝です」

小机が自信満々に答える。

「その上で前川さんの右の頭頂葉にある、再発したＡＶＭを取り除くオペをやった方がいいと思う。その同意書ももらってきて」

「アンダァスタン！　まかせてください」

と小机は胸をどんと叩いた。

小机のやることはいつも微妙に昭和っぽいと深山は思った。

＊

「深山先生はさ、なんでバツがついたんだろうね」

「はぁ？　唐突だね、随分」

小机は、しばし前川のことは忘れて、〝恋〟について考えていた。

「黒岩先生も結局、遊ばれただけだったでしょ？　西郡先生も、意外と女に弱かったり……」

真凛も少し考える顔になった。

「確かに。ゴッドハンドたちも、意外と私生活は、脆いよね」

「だよねー。意外と不器用だよね、みんな。つまり、ほんとは馬鹿なんじゃないの？」

「あんた……怖いもの知らずにも程があるっていうか……」

「いや、聞いてよ。私の定義はね、頭のいい人っていうのは、全てをコントロールできる人なの。理性っていうもんがあるでしょ？　人間には。それを使えばコントロールできないことなどない。できないってことは理性に欠けるって話なのよ、早い話」

呆れた顔をして真凛は言う。

「脳が全てを支配する。その考えはある意味正しいし、ある意味、根本的に間違ってる」

「あれ？　随分エラソーじゃん」

「脳は簡単に間違えるし、錯覚するし、勘違いする。脳がコントロールできるのは、体のほんの一部だよ。脳外をやっていくなら覚えといたほうがいいよ」

「ちょっと何言ってるか、全然わかんない」

一緒に病室に向かっていた真凛が、白紙の手術同意書を小机に手渡す。

「なら、まぁお手並み拝見。しっかりこれぐらい取りなさいよ。コントロールできるんでしょ」

「そんなの、合点承知の助よ」

〝腐女子〟というものは、こういう言い回しをするんだろうか。

真凛が疑問に思っていると前川の病室に着いた。

「前川さん、ちょっと状態、見させてもらいますねぇ～」

小机は前川に明るく声をかける。こういう気難しい患者には、努めて明るく女子の強みを最大に生かすのがコツだ。それぐらい2年の研修医生活の中でマスターしている。

「あぁ、どうも」

どうやら今は機嫌がいいようだ。チャンスかもしれない。付添いの奥さんはお茶をいれていて、前川は英語で書かれた投資の本を読んでいた。

「あら？　これ、ファンドジャーナルですね」

さりげなく英語で書かれたタイトルを読むと、前川は驚いたような顔を向けた。小机にとって英語など朝飯前だ。同じく驚いた顔の真凛に向かって勝ち誇ったようにふんと笑う。瞳孔や眼球の動きから神経学的な診察を始めながら、前川が投資ファンドを経営していること、主に海外の投資がメインのことなどを聞き出した。小机は我ながら上々の滑り出しだと満足した。

「へ～え、投資ファンドを」

「ええ、まぁ。それで海外にはちょくちょく……」

「ケイマンですか？」

小机の問いかけに前川は驚いた顔になった。

「よくご存じで」

医者とはいえ、自分よりはるか年下の小机に対する丁寧な言葉遣いは、前川をより紳士然と見せていた。

「ハーバードでMBAとった同期がいまして。あ、大学の時の。その彼女がファンドを立ち上げたもんですから」

「同期？」

「えぇ、同じ東都大でしたが、彼女は経済でした。ほら、東都大って女性が少ないから結構知り合いになるんですよ」

「すごいなぁ。美人で東都大出てお医者さんかぁ」

「えぇ、まぁ、よくそういう風に言われますけど、たいして勉強しなかったんですよ。ふふふ」

露骨に「けっ」という顔で、真凛が血圧や酸素飽和度などを調べている。

「きっと優秀なお医者さんなんだろうなぁ」

「そういう前川さんも、極めて知的レベルが高いとお見受けしました」

「知的レベルって……」真凛がぼそっと呟く。が、小机には聞こえない。

「そこで、です」

ぐいっと前のめりになった。前川が「？」という顔をしている。

「クイズです。この左腕は、さぁ誰の腕でしょう？」

と小机は前川の左腕に触れる。

前川は不意に黙り込んだ。

「腕の感覚がなくなった当初は、混乱されていたかもしれない。でも、今は、ご自分の置かれた状況を理解されてますよね」

「勿論だ。私は＊月＊日、午後8時23分、脳出血でこの東都総合病院に運ばれた。手術を受けて、その後のリハビリの結果、左上半身の麻痺も徐々に回復している」

真凛も驚いた顔になる。今はすっかり現状を認識できている。回復してきているのか。

「素晴らしい。じゃあ、ほんと今更なんですけど、この腕は？」

また黙り込む前川。

「誰の腕ですか？」

前川が、顔を伏せ、ちらっと横にいる妻の純子を見る。

小机がさらにうながすように視点を合わせると、ぼそっとうつむいたまま呟いた。

「……言いたくありません」

「はい？」

「ここじゃあ……言いたくない」

純子も何かを察したのか、俯いている。

「ここじゃあって……。こんなことにここもそこもないじゃないですか。これは前川さんの左腕。そうでしょう⁉　アンダァスタン？」

「……。ノー！」

思わぬ否定だった。前川は信じられないという顔で、続けた。

「何を言ってるんですか、先生は」

「えぇ⁉」

「とにかく、ここじゃあ言いたくないんだ」

苦し気にこたえる前川。小机は訳がわからなかった。

純子もひどく悲しい目で前川を見ている。

小机は気持ちを立て直して諄々と言って聞かせる。

「あのね、前川さん、これは前川さんの左腕なの。でもね、前川さんは頭の中に脳動静脈奇形が再発しちゃって、そのせいでこれは他人の腕だと思い込んでるの。でもね、安心して。手術によってこの病変は取り除ける。取り除けば、もう幻覚は見なくなる。難しい手術でもないんです。だから手術しましょう」

「嫌だ」

「どうして？……幻覚はなくなるんですよ。何より放っておいたら、だんだん病変が大きくなって、危険な状態になるの。手術しましょう」

「ノー！」

前川は、握りこぶしを作って、プルプル震わせながら、頑なに拒否をする。さすがに小机も二の句が継げなくなる。

「さ、さ、とりあえずＭＲＩ受けに行きましょう」

一瞬しんとなったところで、ひどく明るい声で真凛がこの場を取り繕った。


車椅子で真凛が前川を運ぶ間も小机はずっと話しかけていた。

「だからね、これは麻痺した前川さんの左腕。あり得ないでしょ、それ以外は。わかりません？」

真凛はため息をつく。この女は猪突猛進、まっすぐ進むことしか知らないのか。そう思って小机の袖を引っ張る。

「何かしら？」とわかっていない顔の小机を、小声で真凛が諭す。

「何かしらじゃないっつーの。あんたさぁ、右脳に障害が起きた場合、こういう風に話を作るのはよくあることだってお勉強してんでしょ？」

前川には聞こえないように声を殺して言う。

「だけど、他の話は理路整然としてるのに……」

「それが右脳の障害。患者さんを責めない。アンダァスタン？」

小机は渋々黙り込む。頭では理解していても、この理路整然と話す前川を前にすると、納得がいかないのだろう。

ＭＲＩの結果、再発したＡＶＭはむしろ大きくなってきていた。これが前川が幻覚を見る原因である。

オペで切除するしか方法はない。しかし前川は、現状を全く理解できておらず自分の左腕が赤の他人のものだという「思い込み」や「幻覚」は、日に日にひどくなっているようだった。

「でも、自分の腕が赤の他人のものだと思い込んでいて、それを取り除きたいと願ってる。手術でそれが取り除けるかもしれないと言われれば、手術に同意しそうなもんだけどねぇ」

つかの間のランチタイム。時間がないためしょうがなく真凜と売店で買ったサンドイッチを頬ばっていた。

「なんか訳ありだからね、あの夫婦は」と真凜。

「夫婦？　あぁ、あの奥さんと？　なんかあった？」

小机は、前川の横に座っていた、どんよりと暗い表情を見せていた痩身の純子を思い浮かべた。着ている服も地味で、病に倒れたとはいえ、どちらかといえば闊達で華のある前川とは随分タイプが違う。よく言えば社交好きな夫を陰で支える賢夫人、悪く言えば陰気な妻といったところか。

「うん、なんか仲悪いみたい。こないだもね、隣の病室のベッドパッド交換してたらさ……」

真凛の目撃したところによると、前川の妻は、上辺は前川の言うことを「はいはい」と聞いているのだが、前川が飲むコップや老眼鏡などを、サイドテーブルの微妙に腕が届かないところにわざと置くのだという。すんなり手が届かないため、どうしても不自由な体を移動させなければならない。これは前川にとって結構な面倒である。真凛に言わせると、そうやって復讐しているのだという。

「仲良く話してるとこなんか見たことないしさ。そういう夫婦って結構いるの。〝おい、お茶〟とか〝おい、新聞〟とかって言われると、すぐ用意するんだよ。でもね、わざと微妙に遠いとこに置いて、そのあとはいくら前川さんが声をかけても聞こえないふり。旦那の体が不自由になったとたん、積年の恨みをはらしてるのね。女って怖いよねぇ～」

「はぁ～陰険～」

「夫婦っていうのも、長い間一緒にいるとああなっちゃうんだよ。ほら、あそこ亭主関白だから、普段抑えられてる分が」

「ふ～ん、そんなもんか……」

「あんた、同棲したことある？」

突然の質問に、小机は飲んでいた抹茶豆乳を吹き出しそうになる。

「な、ないわ」

「あれ？　なんで赤くなってんの？」

「別にぃ。急に変なこときくから」

動揺する小机を真凛がじっと見つめる。

「なによ？　そういうそっちはあるってわけ？」

「あるよ。３回ほど」

「３回⁉……へぇ、あぁ、そう」

それを聞いて真凛はにたりと笑う。

「ははぁ～ん。あんた、経験、あんまないな？」

今度は本当に小机が豆乳を吹き出した。

「わ、きったない！」

「あるわよ、経験ぐらい。あるわ、ありますとも」

真凛が鼻で笑って「まぁいいからさ。無理しなくても。お勉強ばっかでそれどころじゃなかったんでしょ？　いいよ、いいよ」と言うと小机はむっとして言い返す。

「いや、ほんとにあるよ！　あれは中2の夏」

そう言いかけたところで、真凛が遮って立ち上がった。

「さ、午後の巡回。行くよ」

もうすたすたと前を歩いている。

慌てて後を追う小机の頭に「君、恋、したことある？」という今出川の言葉が不意に蘇った。

＊

「やっぱり奥さんじゃない？　奥さんは、現状がわかってるわけだから」

前川の妻を説得して、手術の同意書にサインをさせるのが得策だというのが真凛の考えだった。

「まぁそうだけど。どっちみち奥さんの同意書もいるし……」

「まずは奥さんの方とじっくり話をして、その辺のコンセンサスをまとめておくことが大事だよ。しっかりやりな」

「うん……って、なんかエラソーだな、随分……」

前川の妻・純子を真凛が病室の外廊下まで連れ出した。前川が隣にいては、説得することもできない。純子は重い足取りで、真凛の後ろについてきた。

同意書の経緯を聞いていたらしく、重く憂鬱な顔をしている。亭主関白な夫に翻意を促すのは気が重いのだろう。しかしやってもらわねばならない。

「同意書のこと、ですか」

純子の方から切り出した。

「すいません、そうなんです。前川さんはあの通りなので、それは幻覚を見ていてしょうがない部分もあって。だからなんとか奥様の方から手術をするように説得してもらえないかと。前回のよりは比較的簡単な手術なんです。そうすれば幻覚もなくなるので」

純子は暗い顔で尋ねる。

「幻覚がなくなるんですか、手術をすると」

「もちろんです。幻覚のもとになっていると思われる再発した脳動静脈奇形を取り除きますので」

「そうですか……」

なぜかさらに暗い顔になった。そしてため息。どういうことだろう？　と小机が訝しがる間もなく純子は言った。

「同意書にサインはできません。私も」

「え？……あの、どういうことでしょう？　手術に反対ということですか？　奥様も」

「ええ」と頷く。

「いや、あの……。それは怖いのはわかりますよ。頭の手術ですから。でもうちは脳外科では日本最高レベルです。それにご説明の通り、たいして難しい手術では……」

純子が小机の言葉を遮った。

「お断りします」

それは思いがけず、強い口調だった。俯きがちだった顔をはっきりとあげて、挑むような表情をしている。

小机は思わず真凛と顔を見合わせる。真凛も驚いている。

「いや、あの……」

「手術をやってほしくないんです」

小机の目を見て、毅然として言い切った。

「どうしてですか」

純子は少し間を置き、言った。

「あの人……恋してるんです」

「え？」真凛も声が出た。

「恋⁉」

こらえていた感情が爆発したように純子が叫んだ。

「自分の左腕に……恋してるんです！」

呆然として立ちすくんだのは真凛も一緒だった。

＊

純子のいなくなった、カーテンに遮られたベッドひとつと、サイドテーブル、テレビ台ぐらいしかない病室で、けれど前川は満足だった。それは、ベッドの中央左側に、若い女が腰かけているからに他ならない。

その女は、青地に水色の蝶が無数に舞っているワンピースを着てベッドに腰かけ足をぶらぶらさせながら、前川を振り返るように見て微笑んでいる。足の先には、かかとのストラップを外した白いサンダルがひっかかっていた。いたずらっぽく微笑む細面の顔は魅力的だった。

前川は恋をしていた。かつて広告代理店の敏腕営業マンとしてならした前川の周りには、仕事先であれ接待先であれ、華やかな女は多かった。そういう女と〝大人の遊び〟をしたことも数知れない。女にモテるのも実力のひとつとして疑わなかった。しかし仕事の第一線から退き、気が付くと後期高齢者になり、近頃ではすっかり足腰も衰えた上に脳出血と来た。

いよいよ俺の人生も終幕を迎える。そんなどうしようもない寂寥の中に、突如、現れた若い女だった。胸ときめかないはずがなかった。それは恋愛というより、ノスタルジーに近かった。若い女が常に傍にいる、周囲から一目も二目も置かれる若き日の自分に戻った気がしていた。

この女を手放すわけにはいかない。

前川は、何も言わず女の腕をとり抱きしめた。

これだ。この感触だ。生きている、ということの感触――。

自分の腕を女性だと思い込んでる⁉

＊

「そんなこと、ありえるんですか⁉」

ナースステーションでパソコンのデータを見ている深山をようやく捕まえ、息せき切ってことの顛末を話した。

「麻痺した腕を擬人化するのはありえる。大抵は、〝役立たずの赤ん坊〟みたいな、バカにしたあだ名をつけたりするもんだけど」

深山は、パソコンから目を離さずこともなげに言う。

「いやいやいや、だけどですねぇ」

「外国の文献では、麻痺した左半身を添い寝している官能的な女性と思って恋をしたって話もあるわ」

「どうしたらいいんですか」

「それで奥さんが怒っちゃって、同意書にもサインしないって言ってるんですよ」

横から真凛が口を挟む。

「どうしたらいいか、って？」

深山が立ち上がり、初めて小机の顔を見た。

「自分で考えなさい。〝同意書ひとつ取れない役立たずの新人〟みたいなバカにしたあだ名、つけられたくなければ」

近くの看護師に入院患者の投薬の指示を出し、さっさと出て行った。

「うまいこと言うな、深山先生」と真凜。

「あのね……感心してる場合じゃないでしょ」小机がむくれる。

「だけどさ、やっぱあんたが説得しなけりゃしょうがないでしょ、奥さんを。オペの日程、変えるとなると大問題だよ？」

「そうなの？」

「当たり前でしょ。綿密にオペ室の日程は組まれてる。1個、変われば他の予定もめちゃくちゃになる。何より黒岩先生の逆鱗にふれる」

「黒岩先生？」

「そう。あの人、自分のオペの日程いじられるの本当に嫌いだもん。それで使えない新人が飛ばされたこともあったから」

「こわっ！」

「頑張んな。クビ、かかってるよ」

小机は、あの陰気な純子の険のある顔を思い出し、たちまち暗い気持ちになった。

＊

病室では、戻ってきた純子がリンゴを剝いていた。

ベッドで半身を起こした前川は、ぼんやりと虚空を見つめている。

純子は皿の上に切り分けたリンゴを置き、爪楊枝をひとつ刺して、サイドテーブルに置いた。

「じゃあ、これで行きますんで……」

「もうひとつ」

「え？」

前川は爪楊枝を指差して言った。

「もうひとつ、だ」

前川がちらっと移した目線の先には、麻痺した左腕があった。彼の目には、若い女がそのリンゴを物欲しげに見つめている姿が映っているのだろう。全てを察した純子は、入れ物からもうひとつ爪楊枝を出し、皿の脇に置いた。

「ごゆっくり」

と苦々しく言い放つと立ち上がり、遮断カーテンを引いて、病室の外に出る。

そこには向かってきた小机がいたが、純子は無視してそのまま足早に廊下を歩いて行く。

「あ、前川さん」

慌てて追いかける小机だが、純子は歩みを止めようとしなかった。

「前川さん。前川さん。あの、ちょっと……」

純子は応えない。顔が阿修羅のようになっている。

「ご主人の手術の件ですけど、同意書を……」

純子は立ち止まるやいなや、突然、小机に向けて怒鳴りだした。

「冗談じゃありません！　だからず〜っと、その〝女〟と一緒にいればいいんです。手術なんてしなくていいじゃないですか」

その大音量に驚きつつも、小机はこちらを何事かと見ている看護師たちから純子を隠すように、そちらに背を向けるように立って小声で諭す。

「いやいや、落ち着いてください。ですから、あれは妄想じゃないですか。まともにとりあってどうするんです」

「妄想でもなんでもね、私は50年近く、ずーっとあの人につかえてきたんですよ。もう本当に苦労のかけられっぱなし！　飲む打つ買うの三拍子でね、どれだけ泣かされてきたことか……わかります⁉」

「はい」

小机は神妙な顔を作って、ことさら大げさに頷いた。

「どこが⁉　何がわかるの⁉」

「嘘つきました。全然わかりません」

その返事に純子がさらに火が付いたように話し出す。もう止まらない。

「それでね、今度は倒れて、救急車で大騒ぎになって、やっと落ち着いたと思ったら、好きな女ができたって……」

「だから、それは腕、の話ですよ。左腕の」

「そういう問題じゃないの！　あの人は、私をその程度にしか、家政婦にしか見てないってことなの！」

「そんな大げさな……」

「大げさ⁉　先生、結婚してます？」

「いえ」

「だったらわからないわ。この悔しさは」

「いや、だけど」と言いかけた言葉を純子が遮る。

「恋人はいらっしゃる？」

「いえ」

「あら……」

一瞬、悪いことを聞いた、という冷静な顔になる。それがいたく小机のプライドを刺激した。

「たくさんおりましたが、今は断ってます。仕事が恋人なので」

純子はまた怒りがぶり返したらしく、再び大声になった。

「とにかく、私は絶対に手術なんか認めません。このまま左腕に恋して苦しめばいいのよ！　さようなら！」

追いかけようとした小机の目の前でエレベーターのドアは閉まった。

医局に戻った小机は、深山に報告した。

「で、どうすんの」

「いや〜、もう無理ですね。無理無理無理。こうこじれちゃどうしようもないです、はい」

「どう攻めるのかって聞いてるの」

「攻めません。無理ですから」

深山の顔色が変わった。

「無理？　じゃあこのままほっとくの？　またAVMが破れて前川さん、死ぬよ」

「あ、私、お手上げなんで。こじれちゃったケースは深山先生、お願いできます？　先生バツイチだから、こじれるケース得意でしょ？」

深山が手にしていた書類を机に叩きつけるのと怒鳴り声が医局中に響いたのは同時だった。大声での説教は30分に及び、「同意書をもらうまで、ほかの仕事はさせない。どうせできないから」とまで言われ、サマリーという、入院患者の状態を表した評価表を全員分つけることを命じられた。一人分のサマリーで大体10分はかかる。47人分のサマリーというのは、とてつもない量であった。

「しまった。本当のこと、言いすぎた……」

一人、誰もいない部屋で小机がサマリーを書いていると、今出川がやって来た。

「大変だったね」と、同意書がとれなかったことか、深山にどなられたことか、或いはその両方に対してかはわからないが、そうやさしく言って紙コップのコーヒーを置いた。この床屋のポスターのモデルのような、変に整った男前の部長は、その上っ面通り中身がないと巷間で言われているが、やさしいことはやさしかった。ただし優柔不断と紙一重だったが。

「あの……部長、ちょっと聞きたいことがあるんですけど……」

誰も他にいないのを見計らって、思い切って聞いてみた。脳外にスカウトするときに、なぜ、「恋をしたことがあるか？」と尋ねたのかと。

今出川はにっこり笑った。

「脳にとってね、一番大切なことは何かわかる？」

「大切なこと？……脳トレみたいなことですか？」

今出川が頭を振った。

「他者への共感だ。脳は、他者がいて初めてそのパフォーマンスを最大限に発揮する。他者への共感……その最たるものが、恋でしょう？」

小机にはよくわからなかった。

「他者と繋がろうとする力。それを君にも味わってほしいんだよ」

そう言って豪快に笑い、今出川は去って行った。煙に巻かれたようだった。その意味を考えながらサマリーをつけているうちに東の空が白み始めていた。

＊

「翌日　午前6時10分」——

小机は医局のソファで仮眠を取っていた。というより、「落ちた」と言った方が似合う。いぎたなく口を半開きにして、微かに鼾(いびき)もかいていた。その頬に、ぴたっと冷たい缶コーヒーがあてられた。

「ひっ!」

飛び上がった。深山だった。

「ここで寝るのはいいけどさ、よだれつけないでね。そこ」

「⁉」

慌てて自分の顔が乗っていたあたりを肘で拭う。

深山は、エナジー入りのドリンク剤のプルトップを開けると、腰に手を当て一気飲みし、ごみ箱に空き缶をナイスシュートした後、頬をパンパン叩いて「さ、仕事仕事」と言いながら救命のコンサルに向かっていった。

昭和か。バブル世代の働きバチか。後ろ姿を見ながら小机は思う。

最初に脳外科病棟のカンファレンス室で、入院患者の状態を把握するための申し送りがあり、そこから一日がスタートする。西郡によると、昨日退院した患者が3名、リハビリ病棟に移動した患者が2名、ICUが6名、HCUが3名、新たに外来からの入院患者が1名、救急で運ばれた患者が1名。もとからの入院患者と合わせて計40人以上が入院している。

西郡についてまわって、一人一人、1分から5分ほど、声かけして状態を聞いていく。ICUや重度の容態で会話できない患者は除かれるが、それでも結構な時間がかかる。入院患者の状態を脳外の医局員全員で共有しておくためだが、これも新人の小机にとってはつらい作業であった。

というのも、脳外に入院する患者は、手術待ちまたは術後の比較的状態の良好な患者と、入院したものの高齢などの理由で手術の適用がなく、内科的に治療を行った後にしかるべき病院に転院していく、いわば手の施しようのない重篤な患者の2パターンしかないからだ。

そんな中でも希望の灯を絶やそうとしない患者を見るにつけ、手術適応があるのに受けようとしない前川に小机は猛烈に腹が立ってきた。

一通りの回診のあと、西郡が看護師に出した投薬の指示を電子カルテに記入して、すぐ小机は前川のもとに向かった。

ちょうど中庭にひなたぼっこに出かけたと真凛が言う。ゆっくり話すにはうってつけの場所だ。

中庭のベンチに腰掛け、ぼんやりしている前川の隣に座った。努めて明るく、〝自分の左腕に恋をしている〟という話を純子から聞いたことを伝える。

「そうですか……。女房からお聞きになりましたか……」

今日は、精神的には比較的落ち着いているようだ。ゆったりと微笑しながら聞いてくれている。これはイケる、と小机はふんだ。

「えぇ。明らかにおかしいですよね、今の状態は」

ゆっくり考えながら言葉を紡いでいく。

「そうですよねぇ……」

前川は自分の左腕を眺めている。ここだと小机は一気にまくしたてた。

「そうですよ！　理解できるようになりましたね！」

「前からおかしいとは思ってましたよ、私も」

「よかったぁ～。じゃあすぐ奥さんにそのこと伝えましょう！　奥さん、悩んでおられますよ」

「やっぱりそうですよね。はっきりさせた方がいいですよね」

「当然です。当たり前田のクラッカーです」

「わかりました……」

「よかったぁ。これで解決だ」

「この際、はっきりさせます」

「はいはい。奥さんに電話しましょう。何かあった時のために携帯、聞いてますから」

　と小机は、ＰＨＳを取り出し、ダイヤルの短縮ボタンを押した。呼び出しの音が鳴り出す。

「吉報は早い方がいいですからね。あ、もしもし、東都総合病院の小机です。今ね、旦那さんが、自分でもおかしいと思ってたって。それで奥さんと話したいとおっしゃるんで、代わりますね」

　ＰＨＳを前川に渡した。

「どうぞ。びしっと言っちゃってください」

　前川は一呼吸整え、電話に出る。

「もしもし？　俺だ」

「はい」という純子の声がかすかにもれ聞こえる。

「お前には、ちょっと言いづからったが……」

「言っちゃってください。男らしく、びしっと！」という小机の声に後押しされるように前川が言った。

「お前とは別れて、この人と一緒になろうと思ってる」

「よく言った！　かぁ〜男らしい！……って、はい⁉」

小机はＰＨＳの送話器の無数の穴から、純子の息を飲む声が聞こえた気がした。

＊

「バカなの⁉」

案の定、深山に怒られた。

「焚き付けたら、離婚を決意した⁉　なに訳のわからん展開になってんの！」

「次は〝腕〟との再婚らしいです……」

「それはめでたい、ご祝儀はやっぱり3万ぐらい……って、知らんわ！」

看護師たちもクスクス笑っている。一番笑っているのは真凛だ。

「とにかくいい？　あんたの責任だ。同意書もらうまで医局にも戻って来ないように!」

「……だけど、それが医者の仕事ですか」

「勿論。患者の話を聞き、患者の身になって考えるのが医者の一番の仕事!」

ぐうの音も出なかった。

自動販売機の前で、小机は紙コップのコーヒーを飲んでいた。入院患者の処置や点滴や内服薬のチェック、検査、書類仕事などをしているとあっという間に時間が経つ。新人外科医にとって、休みというのは、こういう細切れの3分ほどの時間を言うのだ。

「はいはい。こんなとこで時間つぶしてないで、早く前川さんのとこに行く」

真凛がやってくる。小机はため息をついた。

「なんの因果で、自分の左腕に恋したおじさん、説得しなきゃいけないの……」

「それが脳外の仕事」

「来るんじゃなかった」

「早く」

羊を追い立てる牧羊犬のように、真凛が小机の背中を押した。

＊

前川は、車椅子に乗り面会室の見晴らしのいい窓際で、愛おしげに左腕をさすっていた。彼の脳の中では、それは完全に若い女性に変換されているのだろう。気持ち悪いものを見るような目で小机はじっと見ていたが、後ろにいた真凛がどんと背中を押したので前川の前に飛び出た。前川が慌てた様子で左腕から手を離す。

「あ、すいません、人前でこんな……」

「い〜え、い〜え。私なんかもどんどんやっちゃいますよぉ」と小机は自分の腕をこれみよがしにさすった。もはややけくそ気味だった。

「こんなもん、ただの〝腕〟ですから」

「？　そりゃそうですね」

前川の頭では、小机の腕は確かにただの腕なのだ。自分の左腕だけが、女に変換されるのである。その様に小机はイライラした。

「あ〜だからぁ、前川さんもやってることは一緒なんです」

きょとんとしている前川。真凛が慌てて小机の耳元で囁く。

「バカだね、あんたも。正論言っても無駄だっつーのがまだわかんないの？」

小机も小声で返す。

「じゃあどうすりゃいいのよ?」

「患者さんの話を聞くのが医者の基本でしょ?」

小机は、腕を愛おしげにさすっている前川を改めて見ると、また小声で真凛に聞いた。

「これに付き合え、と?」

「〝これ〟とか言わない!」

小机は恐る恐る前川に聞いた。

「あの……〝その方〟に名前はあるんですか」

「?　当たり前じゃないですか。山本あつこさんです」

「まぁ、素敵なお名前」と大げさに調子を合わせる真凛。小机も続ける。

「それでそのあつこさんとやらの、どういうところが好きなんですか」

「どういうところ?」

「えぇ。そのごつごつした二の腕のボディラインとか?」

真凛が小机の頭をはたく。が、前川はそんなちゃかしにも気づかず、真面目に一拍考えたのち尋ねてきた。

「先生は、どういう人を好きになります？」

「私？　そうですね、やっぱり同じ価値観を持ってて、それなりの学歴で、当然稼ぎも私よりあって顔は正統派の2枚目、芸能人で言うと宅間伸（たくましん）みたいな……」

「そこまで聞いてないって」と、真凛が制すと、前川の方を向いて言う。

「それより前川さんはどういうところが好きなんです？」

「そうですねぇ……一言では言えません」

微笑している前川。

「でしょうねぇ。なんせ腕だもん」また真凛に頭を叩かれる小机を気にすることなく前川は続けた。

「ただ、好きな人と出会った時って、なんかこう、空気が変わるようなことがあるでしょう」

「空気？」

「えぇ。その場の空気が、キラキラして見える瞬間……」

前川の頭の中には、何かの映像が浮かんでいるようだった。

「初めて会った時がそうでした。この人は青いワンピースを着てた。そのスカートの裾が、風で少しなびいてね。ニコニコ笑ってて、それがなんとも言えずね……」

真に幸せそうに微笑む前川の顔を見ていると、さすがに小机もちゃかすことさえできなくなった。これが恋をしている人間の顔、というものだろうか。なんと晴れやかで幸せそうなんだろう。

真凛は調子良く話に乗る。

「あ〜でもわかります。すっごく好きな人との付き合い始めの頃ってそうですよね。なんかミュージカル映画みたいに、全てが弾んで見えるっていうか……」

「そう。生きてて、今、この瞬間を味わえてよかったって心の底から思えるんですよね」

陶然と語る前川に小机はついていけなかった。


次の仕事に向かう廊下で、真凛はクスクス笑っていた。

「あんた偏差値は高いかもしれないけど、恋愛偏差値はゼロだね」

「はぁ？　根拠は何？」と小机が気色ばむ。

小机はつんけんしているが、鼻は低くないし、目も大きい。見方によっては美人の部類に入るだろう。だけどどこか変だ。ギャグが微妙に昭和だし、なまじ綺麗な顔だけに変な〝ノリ突っ込み〟が余計に男子を引かせる。「黙ってればもてるのに」というタイプだと、真凛は見ていた。

「じゃあ今まで何人と付き合った？　言ってごらん？」

「なんであんたなんかに言わにゃならんの」

「いいから。言ってみそ」

「……手、つないだら付き合ったのに入るよね？」

「は⁉……それ、いくつの時？」

「中2。夏休み。8月27日。夏祭り」

真凛が絶句し、小机が慌てて言い訳しかけているところに「小沢さん」と呼ぶ声がした。どうやら外科病棟のドクターらしい。

「あ、宮崎（みやざき）先生」

たちまち小机と話す時よりツーオクターブ高い声で、輝く笑顔ですり寄っていく。

この女は天性の男好きだ、まるで振っている尻尾が見えるようだと思いつつ話題がそれて小机がホッとしていると、くねくねとシナを作って話していた真凛が、少し険しい顔になり、話し終えて小机のもとに戻って来る。小机は態勢を立て直して機先を制した。

「さっきの話だけどね、やっぱり色々経験してたわ、私。思い出した。あれは中3の夏」

その言葉を真凛が真剣な顔で遮った。

「どうでもいいから、それ」

「え？」

「今の、整形の先生。さっき廊下で君らが話してたの、前川さんでしょ？　って」

「整形にかかったことあるの？　前川さん」

「違う、奥さんだよ」

「？」

「1年前、肋骨骨折で来たんだって。前川さんのDVだって」

＊

前川の自宅は世田谷にあった。前川が40歳で建て、3人の子供を育て上げ、二度改築した家だ。最寄りの私鉄駅から徒歩10分で70坪、注文建築で建てた和洋折衷の豪邸だ。一番下の娘が巣立って10年以上ともなると、子供たちの思い出は、壁に飾られた写真だけと言ってよかった。三度目の改築で2世帯住宅にするかどうか悩んだが、結局、娘夫婦に暗に拒絶され改築計画はバリアフリーの改修へと変更になった。その矢先、前川が倒れたのだ。

純子は、今、リビングに一人座って、ほうじ茶を飲んでいる。前川がいるときは、朝はいつも深煎りの珈琲でそれに付き合ってきたのだが、本当は日本茶の方が好きなのだ。そうやって結婚して50年、自分を殺して生きてきた。

少しずつ、少しずつ。

午前様も、休日のゴルフも、子供の夜泣きをうるさいと怒鳴りつけたのも、全て「この人は仕事一筋だから」と自分に言い聞かせて耐えた。浮気の証拠が見つかっても、子供たちのために、と波風を立てるようなことはしなかった。もちろんそこには愛情もあった。だけど、あっという間に子供たちは大きくなり、残されたのは、2人で住むには広すぎる家と、澱(おり)のようにたまっていった夫への憎悪だった。

1年前、周囲の反対を押し切って東南アジアの詐欺まがいの事業に投資し、あやうく自宅まで手放すことになるくらいの手痛い失敗をした。幸い息子たちが奔走しギリギリのところでことなきをえたが、かわりに以降、事業に手を出すことも事実上できなくなった。これといった趣味もなかった前川は、毎日、ぶらぶらして不機嫌だった。ただ自分の不運を嘆き、ふてくされていた。いつだって自分のことしか考えない。そういう男だ。それに気づいたときには、純子もすっかり年老いていた。

この先、このまま2人で生活していくのだろうか。そう考えてぞっとした矢先、前川は倒れた。自分の念が通じたのではないかと罪悪感も覚えたが、入院して、いつにもましてわがままに振る舞う夫を見て、また怒りが湧いてきていた。そして今度の〝恋人〟騒動。

純子は、壁に飾ってある写真をゆっくり見回した。それはまだ新婚の頃、招かれた仕事先の外国人の家に家族の歴史を物語るような写真が所狭しと飾られており、それを真似てみたものだ。

仲むつまじかったその外国人夫婦と実情は違っていたが、むしろ仲の悪さを糊塗するように、リビングの壁を2人の写真で埋めた。出会った頃、新婚時代、一人目の子供が生まれた頃、中年期、子供が独立した後の2人……。だがそれはただの夫への意地に過ぎなかった。

純子は、病院への支度を調え立ち上がった。

ナースステーションで小机が患者のバイタルをモニターでチェックしていると純子が通り過ぎた。病室に入る前がいいだろうと、小机は追いかけて捕まえ、面会室で前川のDV話を切り出した。純子は隠すこともなく、あっさり認めて苦笑しながら話しだした。

「夫に殴られて、肋骨が折れたんです」

「えぇ！」

「うちのは……退職後に経営してた会社を倒産させちゃいましてね。その債権者とのやりとりやらでごたごたしてる時に、こう」

と押される真似をする。一瞬、言葉を失った小机だったが、それとこれとは別だ。今は目の前にある仕事をひとつ、片づけなければならない。努めて冷静に切り出した。

「ＤＶは言語道断だと思います。旦那さんを苦しめたい、っていう気持ちもわかります。でもだからって、同意書にサインしないというのは……」

静かに純子は言った。

「夫の妄想は、まだ変わらないんですか」

「はい」

純子は薄く笑った。

「なんで人は、誰かを好きになるんでしょうね」

またか……。今の話と何の関係があるのだろう。

恋だ愛だと、なぜみんな、そんなものにこだわる？　それでことが全然進展しない。

こっちはもうフラフラだ。いらだつ小机はつい早口でまくし立てた。

「まぁ簡単に言えば、〝感情〟なんていうのは、脳の中のニューロンの電気信号です。電気的なもんなんですよ、言っちゃえば」

純子はきょとんとした顔をする。

「つまり〝心〟なんて言ってるけど、そんなものは電気信号に置き換えられるということです。だから私はそんな曖昧なものに重きを置かない人生を心がけてます」

「はぁ」

「特にね、恋なんて、ドーパミンが過剰生産されている状態です。恋に落ちる、なんてかっこいいこと言いますが、要するに脳の報酬系の回路にスイッチが入るだけの話なんですよ、ええ」

「あなた、恋してる？」

何を聞くのだ。

「だからぁ、必要ないんですよ、私には。ええ、そりゃあ、これだけの顔にこれだけのスタイルですよ。私が一声かけりゃ、男のひとりやふたりホイホイ寄ってきますよ。でも、そんな無駄な労力は使いたくないって」

「若いわね、まだ……」

「?」

「歳とれば……結婚すれば、私の気持ちも少しはわかるわ」

「待ってください。とにかくこれは医療の問題です。手術できずに苦しんでいる患者を放置するわけにはいきません」

そう言った小机に、純子は話を打ち切るように立ち上がった。

「ごめんくださいい」

「ちょっと!」

歩いて去っていくその後ろ姿が、ひどく寂しげだった。


他の入院患者の巡回をしながらも、小机の頭の中には「恋」という字が残っていた。なんで脳外という最も男っぽい殺伐とした外科病棟に来ながら、やたらと恋だの愛だのという単語が飛び交うのか。

『君、恋、したことある?』

3か月前の、部長の唐突なこの一声によって、蛇ににらまれたカエルのように、いや、モーゼに導かれる民衆の一人のように、苛酷な脳外医局への道行きを承諾した。なぜかは自分でもわからなかったが、小机が恋をしたことがないのは紛れもない事実だった。

「恋……」

心の中で思っている言葉が、口に出た。

「こわっ！」

と言う声に振り返ると、替えの点滴袋をもってきた真凛が立っていた。

「何、今の？　恋とかって、呻いてなかった？」

恥ずかしさで小机は逆上した。

「うるさい！　おだまり！　どいつもこいつも、恋だ愛だ……いい加減にしろっつーの」

「って、自分が言ってんでしょ？」

点滴を終え、空袋を乱暴に真凛に渡し、「よし、終わった。あとよろしく」と言うと小机は足早に病室を出て行く。

向かった先は、医局の自分の机だ。パーテーションで仕切られた、机ひとつにパソコンひとつのデスク。そこに座るやパソコンの電源を入れた。

「病棟業務終わったの？」

と深山が声をかけてくる。

小机は振り向きもせず答える。

「終わったからここにいるんです」

「とれたの？　同意書」

「やってられないですよ、ばかばかしい」

毒づきながらキーを叩く。

「何？」

「私は医者です。きちんと医学的にアプローチして患者を治癒させます」

何言ってんの？　という顔を深山が小机に向ける。

「あった！」

デスクトップ画面には英語で書かれた医学論文が表示されていた。食い入るように見ながら小机が言う。以前、読んだ記憶があった論文だった。

「半側空間無視と身体失認がある前川さんのような場合、三半規管に冷水を注入すると、症状が和らぐことがある……っていうアメリカの論文があるんです。これを試してみるんです」

深山も肩越しにその画面を見る。

「これだと症状が和らいだとしても5分、10分の話だとある。あくまで一時的だと」

「でも、短い間でも正気に戻れば、前川さん自身にも必ず変化がみられるはず……やってみる価値はあります」

「あんた、また小鼻が膨らんでる……」

その鼻から、フンと息を吐いた。

＊

耳から水を注射器で注入するだけなので、深山が許可し、そして前川も承諾した。

さっそく午後、やることになった。深山と一緒に前川の病室に向かうエレベーターの中で、小机は純子が周囲にわからないよう前川にいやがらせをしていることを深山に話した。

「きっと殺したいぐらい憎んでるんでしょうね。でも陰湿ですよね〜。そんなに嫌いなら、別れちゃえばいいのに。ねぇ？」

深山はいつものようにクールな冷笑で返す。

「夫婦のことは夫婦にしかわからないよ」

「あ、ですよね？　バツイチの深山先生にこんな話、すいません」

とガラにもなくぺこぺこ頭を下げる小机。

は」

「あ、いや、人間、これからですよ。深山先生、遠くから見りゃ若いですから。はは

「謝りすぎ」

まずい。小机は殴られる気配を感じ、また話を戻す。

「でもねぇ、いくらそんな夫婦でも、元は愛し合ってたってわけでしょう？　いつか

らそうなっちゃうんですかねぇ」

「他人から見たらケンカに見えても、当人同士は愛し合ってるってこともある」

「う～ん、よくわかんないですねぇ。あ、あれですか、盛りのついた猫、的な？　シ

ャーシャー威嚇しながら愛し合う、みたいな？」

「あんたは恋愛の話、しない方がいいね。当分、仕事に精出しなさい」

エレベーターが開いた。

病室では、すでに看護師が、先端が鋭いスポイト状になっている注射器を用意して

待っていた。前川はベッドに半身を起こしている。深山が今一度、事情を説明した。

「前川さん、耳の中に水を入れるだけですから。それでどういう変化が前川さんに起

こるか、ちょっと見させて下さい」

「えぇ、どうぞ」

前川が、ちらっと左腕を見る。その目線を小机は見逃さなかった。

「あの……」

「はい？」

「その、彼女は、今もいらっしゃるんですか？　ここに」

前川はきょとんとした顔で答える。

「えぇ、勿論。それが何か？」

左腕に、まるで会話するように微笑を投げかけている。

「いや……。いいんです、はい。では、始めましょう！」

深山が目で合図し、小机は看護師から注射器を受け取った。

「いいですね？　少しくすぐったいと思いますが」

「はい」

「行きます」

ぴゅっと注射器を押したその瞬間だった。

「やめてぇ！」

純子が病室に飛び込んできた。

叫び声を上げたのと、前川が「うっ！」と呻いたのは同時だった。深山も小机も、そして廊下で今日の〝治療〟について話を聞いたとたん走り出した純子を追いかけてきた真凛も、視線を純子と前川に行ったり来たりさせていた。

水が右耳の三半規管に注入された瞬間、前川の体がびくっとこわばり、呆然と虚空を見つめていた。目に力が入り、その後、弛緩した。とりあえずみんな前川の変化を見つめている。

やがて前川は、ゆっくりとだらんとなった自分の左腕に目をやった。

＊

前川の目には、まばゆく光を放つ女性が映っていた。その女性は、相も変わらず前川に向かって微笑しながら、そのベッドに腰掛けていた。しかし、不意に悲しそうな表情を浮かべるとベッドから立ち上がった。

「あつこ！」前川は叫ぶ。実際に声が出ているのかどうか、前川にはわからない。だが叫ぶ。「あつこ、行かないでくれ」。女は、振り返って微笑すると、もう背中を向けて病室を出て行った。

「待て。待ってくれ！」振り絞るように声を出したつもりだったが、実際は口を開くことはなかった。

かわりに、周りを見渡した。

＊

「あれ？……どうしたんですか、みなさん？」

しっかりとした顔で、固唾を飲んで見ている医者たちを不思議そうに前川は見た。

深山は真凛と顔を見合わせ、口を開く。

「前川さん。あの……左腕は……」

「左腕？　動きませんよ。だって脳出血やっちゃったんだもん」

左腕を見ながら、こともなげに言う。

「そ、そうですよね。そりゃそうです」

真凛が深山に囁く。

「深山先生。今ですよ。今なら同意書……」

と準備よく用意していた同意書を見えないように渡す。

「わかった」

小机は病室入り口の純子の様子に目を向けた。純子は、すがるような目で前川を見ている。

深山は前川に同意書を差し出した。

「前川さん、これは脳動静脈奇形摘出の手術の同意書です。前回の手術の創部を再度開いて行うもので、これによって前川さんの左側の視界の状態を改善できるものと思われます。是非、受けていただきたいと……」

言いかけて、深山はフリーズした。前川の目がもう以前の目に戻っていた。

「ちょっと！」

前川は、右手で深山を払いのける仕草をして語気を荒らげた。

「ベッドに寄っかからないで下さいよ！　この人が痛そうにしてるじゃないですか」

顔を近づけた深山の体は、前川の動かない左腕のすぐ近くにあった。

前川はまたもとの幻想の世界に戻っていた。

小机は、その間、目を離さず純子の姿を見ていた。

純子は、前川を見て哀しい目でほんの少し微笑した。そして声もかけず、踵を返して出て行った。

小机は、何かを察した。

「5分しか持たなかったわね……」

医局に戻った深山は、前川のCT写真を見ながら呟く。

今出川が小机に向かって言った。

「でもまぁ、三半規管に水を注入するのが、なにかしらの効果があることはわかった。

それだけでも成功ですよ、小机先生」

褒められるのが三度の飯より好きなのに、気づかないほど小机はぼんやりしていた。

「でも、結局同意書問題は解決してないですよね」

「うん、まぁそうだね」

深山が軽くため息をもらしたと同時に、ぼそっと小机が前を向いたまま呟いた。

「いえ……」

「？」

「多分、解決すると思います」

と言うやいなや、何かに憑かれたように、医局を出て行った。

きょとんとして顔を見合わせる深山と今出川。

「何、今の……」

「なんか悪いものでも食べたかな、小机先生……」

小机の背中は、まっすぐ病棟へ向かっていた。

＊

病室では、純子がベッドの前川に毛布をかけてやっていた。

「じゃあ……帰りますね」

「あぁ」

前川は、変わらず自身の左腕を見ている。

純子が部屋を出たところで、やってきた小机と出くわした。

純子は、予期していたかのように静かに小机を見つめる。

「ちょっと時間、とれますか？」

ちらっと病室の方を気にしながら純子が小机に言う。

勿論です、と小机はうなずいて2人は中庭に向かった。

「同意書、お持ち？」

夕闇迫る中庭のベンチに腰掛けた途端、純子は切り出した。

「はい」

「書くわ。同意します」

小机が白紙の同意書を渡す。そして意を決し、口を開いた。

「ご主人が会ってた、あつこさんって……奥さんだったんですね」

小机は続ける。

「気づいたんです、私。正気を戻した時の奥さんの顔。そして前川さんが言った、相手の女性の名前……。奥さんの名前……純子って、〝あつこ〟とも読むんですよね。辞書で調べました」

「そう」

純子は、少し微笑み、話しだした。

「万博って知ってる？　大阪万博。私、若い頃ね、今で言うコンパニオンっていうの？　知り合いから頼まれて、ちょっとあれをやってたの。万博で。そこに出入りの業者としてやってきたのが、あの人」

日本館に資材を搬入する商社マンとして、若き前川は大阪に赴任していた。そこでコンパニオンの純子と知り合い、声をかけてきたのだという。

「最初はね、しつこくて、ほんと嫌で……。名前聞かせてくれって。それでね、〝あつこ〟って言ってみたの。それで……その後、お付き合いするようになって。あの人は、ほんとの名前教えた後も、面白がって〝あつこ、あつこ〟って。その頃のこと、思い出してるのね……」

「前川さんが言ってた、青いドレスのっていうのも？」

　こっくり頷く。

「コンパニオンの時に青い服を着ていたの。左腕がどうのこうの言いだして……すぐわかったわ。これは昔の私だって」

　思い出をひとつひとつ辿るように、純子は言葉を継いだ。

「出会った場所、着てる服……全部、私と出会った頃の話」

　でも、今の純子とは決して結びつかなかったのだ。

　小机はずっと疑問に思っていたことをぶつけた。

「なぜ同意書にサインしなかったんですか」

　純子は不意に口をつぐんだ。

「本当の旦那さんは、純子さんに暴力をふるうような人だった。そんな人でも昔は、純子さんのことを愛してた。だからそのままその状態でいさせたかった……そういうことですか」

　小机は続ける。

「旦那さんを苦しめたいと言ってたのは、嘘だったんですか？」

「ううん。本当」

「………？」

「だって、あの人は、昔の私に恋してるんでしょう。今は、こんなになってるともしらずに……。そっちの方が残酷じゃない」

そう言って、純子は薄く笑った。

小机は、悲しくても人は笑うのだと、初めて知った。

＊

「1週間後　午前10時」――

朝の回診と手術の手伝いを終え、中庭で小机はコーヒー牛乳を飲んでいた。なんだかここ数日、腑抜けのようになっている。

「ぼけっとしてる暇あったら、サマリーでも書いたら」

休憩のサンドイッチを手にした真凛がやって来る。

「うるさい。ドクターに指示するんじゃない」

「同意書ひとつとるのにすったもんだしてたくせに」

小机は憮然とした顔をしたが、「今日、退院だね、前川さん」という真凛の言葉に小机は黙り込む。

「いい勉強になったんじゃない？……恋愛の」

「はぁ？」

「もうちょっと人間的になった方がいいよ。じゃないとドクターとは言えないよ。恋愛偏差値も、せめて40ぐらいにはしなきゃ」

「何よ？　今いくつだっていうの」

「ゼロにきまっててんでしょ。経験ないんだもん」

「バカな！　何ほざいてんのよ」

「あ、前川さん」

　2人の視線の先には、荷物を持った私服姿の前川がいて、タクシーに乗り込もうとしていた。トランクにバッグを入れ、後ろを振り返る。

「ほら、早く行くぞ」

　純子がハンドバッグの中身を確かめながら小走りで前川に駆け寄る。

「あぁ、ありましたハンカチ。すいません」

「まったく愚図だな、お前は」

　苦々しい顔の前川が、歩き出そうとして、思わずよろける。

その肘をとっさに純子が持って支えた。

「大丈夫？」

「……うん、まぁ、大丈夫だ」

そして前川は、なんとかもたつく体をタクシーの中に押し込めた。

その後ろ姿を、純子はじっと見ていた。愛おしいのか憎いのかどちらともわからない表情だった。そして純子も乗り込み、タクシーは動き出した。

「不思議だね、人間って」

見ていた小机がぼそっと言う。

「いや、脳が、かな。こんなに不思議だったんだ……」

真凛は意外なものを見るような目で小机を見た。若いドクターにありがちな頭でっかちで生意気な点はずば抜けてあるものの、案外、素直なところもあるようだ。

「もうちょっとだけ、脳外にいようかな」

としんみりした声で言う。やめるつもりだったんかい、と突っ込みそうになったが、ここは真凛も抑えた。

小机は、妙に晴れ晴れとした顔をしていた。脳外科医としての第一幕は、今、開けたようだった。

痛みを測定できる機械があれば、患者さんはどんなに楽だろう。脳外科で患者と接するたびに深山（みやま）はいつも思う。

痛みは、人に見えない。

「この10年、ずっと苦しんできたんです」

暗い顔でそう訴える、この三叉（さんさ）神経痛の患者もそうだ。

三叉神経痛とは、動脈硬化でたわんだ脳の血管が、顔面の感覚を司（つかさど）る神経、すなわち三叉神経に当たり、そのせいで顔に激痛が走る症状である。1秒か2秒だけ、なんの前触れもなく突然、顔に雷のような激痛が走る。それがだんだんひどくなると、顔も洗えない、水も飲めない、女性であれば化粧もできない。生きているのが嫌になるぐらいのつらさになる。

この72歳の主婦は、10年前、大学病院で手術をした。いっときは痛みはなくなったが、またすぐ再発。ところが、痛みを訴えて病院を再訪しても、「おかしいなぁ、神経痛はとれたはずなのになぁ」という主治医の一言が待っていた。

ＭＲＩを撮っても問題はない。要は気のせいだ。精神的なもんだ。心療内科を紹介しよう。そう突き放された。

「手術はうまくいきましたよ」と言うばかりで、いくら訴えても耳をかそうとしなかった。そして、人に紹介され、藁（わら）にも縋る気持ちで東都（とうと）総合病院脳神経外科にやって来たのだ。


痛みは見えない。測定のしようがない。

だけど、察することはできる。

深山は念入りに検査した。そして画像を見て言った。

「あ〜、血管と三叉神経の間にスポンジが挟んであるだけ。ヘボな大学病院でよくある手術ね。肝心の血管と神経が離れてない。これが原因」

画像を見た黒岩（くろいわ）、西郡（にしごおり）も同じ意見だった。

「俺がやれば大丈夫です。一発で完治だ。な〜に30分の手術だよ」

と、手術を行うことになった黒岩は、患者の肩を叩いた。

「任せてよ。必ず治すから」

「必ず」などという言葉を医者が使うのは、今日、御法度とされている。でも、この男は常識外だ。そしてこの軽さと断定が、患者の気持ちを軽くさせる、と深山は思う。そして本当に30分もかからずやってしまうだろう。彼の腕を知っている深山は確信している。

病室のベッドに横たわる患者に、各病室を回診している西郡がぶっきらぼうに言う。

「あの先生は見た目、信用ならないけど、腕は確かだよ」

もう少し丁寧な言い方があるだろう、と深山は思ったが、患者は安心した顔をしている。最近、少し患者と無駄口をきくようになった。悪いことではない。

西郡を手伝っていた小机（こづくえ）が声をかける。

「終わったら、10年ぶりのお化粧をしましょう。きっと化粧をすればきれいですよ」

デリカシーという言葉をとことん教えなければならない。けれど、患者を思っている気持ちは伝わるのだろう。彼女は、今日、一番の笑顔を見せている。

患者は車椅子に乗せられ、手術室に向かった。

そこには、最強の脳外科スタッフが待っている。

人の痛みは、見えない。だけど、想像して、寄り添うことはできるのかもしれない。

努力すれば。ほんの少しは。

医者たちもそれぞれに痛みを抱え、人間的には決して完璧じゃないけれど、患者に対しては完璧であろうと日々、努力している。

ここは患者にとって、最後の砦だ。

そんなことを思いながら、深山もオペ室に入るため、手洗い場に向かった。その砦の一員になるために。

本書は河出文庫書き下ろしフィクションです。
登場する人物・団体名などはすべて実在の人物・
団体名などとは関係ありません。
医療監修：医学博士・新村核

トップナイフ

二〇一九年一二月二〇日　初版印刷
二〇一九年一二月三〇日　初版発行

著　者　林宏司（はやしこうじ）
発行者　小野寺優
発行所　株式会社河出書房新社
〒一五一－〇〇五一
東京都渋谷区千駄ヶ谷二－三二－二
電話〇三－三四〇四－八六一一（編集）
〇三－三四〇四－一二〇一（営業）
http://www.kawade.co.jp/

ロゴ・表紙デザイン　粟津潔
本文フォーマット　佐々木暁
本文組版　株式会社キャップス
印刷・製本　中央精版印刷株式会社

Printed in Japan　ISBN978-4-309-41726-4

昨夜のカレー、明日のパン

木皿泉　41426-3

若くして死んだ一樹の嫁と義父は、共に暮らしながらゆるゆるその死を受け入れていく。本屋大賞第２位、ドラマ化された人気夫婦脚本家の言葉が詰まった話題の感動作。書き下ろし短編収録！解説＝重松清。

Q10　1

木皿泉　41645-8

平凡な高校３年生・深井平太はある日、女の子のロボット・Q10と出会う。彼女の正体を秘密にしたまま二人の学校生活が始まるが……人間とロボットとの恋は叶うのか？　傑作ドラマ、文庫化！

Q10　2

木皿泉　戸部田誠(てれびのスキマ)〔解説〕　41646-5

Q10について全ての秘密を聞かされ、言われるまま彼女のリセットボタンを押してしまった平太。連れ去られたQ10にもう一度会いたいという願いは届くのか――八十年後を描いたオマケ小説も収録！

推理小説

秦建日子　40776-0

出版社に届いた「推理小説・上巻」という原稿。そこには殺人事件の詳細と予告、そして「事件を防ぎたければ、続きを入札せよ」という前代未聞の要求が……ＦＮＳ系連続ドラマ「アンフェア」原作！

アンフェアな月

秦建日子　40904-7

赤ん坊が誘拐された。錯乱状態の母親、奇妙な誘拐犯、迷走する捜査。そんな中、山から掘り出されたものは？　ベストセラー『推理小説』（ドラマ「アンフェア」原作）に続く刑事・雪平夏見シリーズ第二弾！

殺してもいい命

秦建日子　41095-1

胸にアイスピックを突き立てられた男の口には、「殺人ビジネス、始めます」というチラシが突っ込まれていた。殺された男の名は……刑事・雪平夏見シリーズ第三弾、最も哀切な事件が幕を開ける！

愛娘にさよならを

秦建日子　41197-2

「ひとごろし、がんばって」――幼い字の手紙を読むと男は温厚な夫婦を惨殺した。二ヶ月前の事件で負傷し、捜査一課から外された雪平は引き離された娘への思いに揺れながら再び捜査へ。シリーズ最新作！

アンフェアな国

秦建日子　41568-0

外務省職員が犠牲となった謎だらけの轢き逃げ事件。新宿署に異動した雪平の元に、逮捕されたのは犯人ではないという目撃証言が入ってきて……。真相を追い雪平は海を渡る！　ベストセラーシリーズ最新作！

ダーティ・ママ！

秦建日子　41117-0

シングルマザーで、子連れで、刑事ですが、何か？　――育児のグチをブチまけながら、ベビーカーをぶっ飛ばし、かつてない凸凹刑事コンビ（+一人）が難事件に体当たり！　日本テレビ系連続ドラマ原作。

ダーティ・ママ、ハリウッドへ行く！

秦建日子　41273-3

シングルマザー刑事の高子と相棒の葵が、セレブ殺害事件をめぐって大バトル!?　ひょんなことから葵はトンデモない潜入捜査をするハメに……ルール無用の凸凹刑事コンビがふたたび突っ走る！

ザーッと降って、からりと晴れて

秦建日子　41540-6

「人生は、間違えられるからこそ、素晴らしい」リストラ間近の中年男、駆け出し脚本家、離婚目前の主婦、本命になれないＯＬ――ちょっと不器用な人たちが起こす小さな奇跡が連鎖する！　感動の連作小説。

マイ・フーリッシュ・ハート

秦建日子　41630-4

パワハラと激務で倒れた優子は、治療の一環と言われひとり野球場を訪ねる。そこで日本人初のメジャー・リーガー、マッシー村上を巡る摩訶不思議な物語と出会った優子は……爽快な感動小説！

KUHANA!

秦建日子　41677-9

１年後に廃校になることが決まった小学校。学校生活最後の記念というタテマエで、退屈な毎日から逃げ出したい子供たちは廃校までだけ赴任した元ジャズプレイヤーの先生とビッグバンドを作り大会を目指す！

白い毒

新堂冬樹　41254-2

「医療コンサルタント」を名乗る男は看護師・早苗にこう囁いた。「まもなくこの病院は倒産します。患者を救いたければ……」——新堂冬樹が医療業界最大の闇「病院乗っ取り」に挑んだ医療ミステリー巨編！

戦力外捜査官　姫デカ・海月千波

似鳥鶏　41248-1

警視庁捜査一課、配属たった２日で戦力外通告⁉　連続放火、女子大学院生殺人、消えた大量の毒ガス兵器……推理だけは超一流のドジっ娘メガネ美少女警部とお守役の設楽刑事の凸凹コンビが難事件に挑む！

神様の値段　戦力外捜査官

似鳥鶏　41353-2

捜査一課の凸凹コンビがふたたび登場！　新興宗教団体がたくらむ“ハルマゲドン”。妹を人質にとられた設楽と海月は、仕組まれ最悪のテロを防ぐことができるか⁉　連ドラ化された人気シリーズ第二弾！

ゼロの日に叫ぶ　戦力外捜査官

似鳥鶏　41560-4

都内の暴力団が何者かに殲滅され、偶然居合わせた刑事二人も重傷を負う事件が発生。警視庁の威信をかけた捜査が進む裏で、東京中をパニックに陥れる計画が進められていた——人気シリーズ第三弾、文庫化！

世界が終わる街　戦力外捜査官

似鳥鶏　41561-1

前代未聞のテロを起こし、解散に追い込まれたカルト教団・宇宙神瞠会。教団名を変え穏健派に転じたはずが、一部の信者は〈エデン〉へ行くための聖戦＝同時多発テロを計画していた……人気シリーズ第４弾！